¿Hay carta en tu buzón?

Dulce María Ramón / Arturo Morell

¿Hay carta en tu buzón?
2022

© Dulce María Ramón y Arturo Morell

© Publicado por katakana editores 2022 (Todos los derechos reservados)

Editor: Omar Villasana
Diseño: Elisa Orozco
Imagen de portada: Karla Cuéllar

ISBN: 978-1-7365650-9-4

KATAKANA EDITORES CORP.
Weston FL 33331
katakanaeditores@gmail.com

Dulce María Ramón | Arturo Morell

¿HAY CARTA EN TU BUZON?

katakana
editores

Dedicatorias

Sofía y Ulises, la vida me ha sorprendido por darme dos
extraordinarios seres humanos como mis hijos y lo celebro.
Los amo.
Sé que mi abuelo aún me sonríe y cuida desde
las nubes blanquísimas del cielo, gracias por ello.

Dulce María Ramón

A mi madre, Leonor Beatriz Barragán Chavez...
cuyo amor incondicional es la fuerza para vencer
cualquier molino de viento.
A la memoria de mi padre, Alfonso Morell Casanova,
cuya enseñanza perdura en el tiempo.
A mis amigas y amigos, hermanos y cómplices de vida,
quienes siguen creyendo en que podemos
transformar positivamente nuestro entorno...

Arturo Morell

La voz de las olas[1]

C omo un mar y su distancia las cartas vienen y van. Olas y sal y palabras, encuentros y desencuentros, noches oscuras y, cada tanto, un fulgor. Nada que sucumba ante lo inmediato ni lo perentorio: acá hay que reconstruir un pasado y eso llevará el tiempo que sea necesario.

Una historia de amor, podría decirse, como muchas otras, como cada una en particular; porque existen diversas maneras de abordar lo amoroso, y entonces cada argumento, cada anécdota, es diferente y lleva en su entraña la individualidad absoluta de ese vínculo. Ninguna se parece a otra: todas son únicas e irrepetibles.

Durante meses los protagonistas, agonistas, agónicos personajes irán abriendo y/o cerrando sus discursos y, como si de una tela se tratara, elaborarán la textura, el cañamazo, hasta llegar al finísimo lino final... o seda, y de cortina, como ambos añoran compartir. Irán, pues, desde las hilachas de una relación aparentemente trunca (aunque nunca exiliada) a hilvanar, coser, tejer hasta rellenar esos huecos: trenzar, exorcizar, iluminar, sanarlos. Es así como el lector se entera (poco a poco, y aún a veces jugando con exquisitas contradicciones, también aparentes) de qué ha sucedido, qué ha ido sucediendo entre ellos durante los muchos años de la tanta ausencia. Y, por ende, qué ha de suceder, qué puede ocurrir de ahora en adelante.

No debo caer en la tentación de contarlo: cualquier comentario sería torpe e innecesario porque delataría alguna pieza importante de la trama. Por lo tanto, hay que entrar, sentarse cerca de ellos, escucharlos, estar de un lado o del otro... o de ambos. Hay que compren-

---

1 Cada uno de los títulos en negrita corresponde a títulos (o asuntos) de alguna de las cartas de la novela (textuales o levemente modificados).

derlos y, especialmente, quererlos; porque los dos albergan sombras y dualidades tan exquisitamente humanas como podría hacerlo cualquiera de nosotros.

Y en eso radica el mayor mérito de esta novela: todos podemos ser Pablo y/o Luz María. La historia afectiva, el vínculo, se va restituyendo (recordando, aislando, especificando, afinando y afilando) hasta construir una nueva forma; o la constante, la esencial, la que siempre estuvo aunque no fueran conscientes de su dimensión. Es por eso que los vemos transitar un camino de auto-conocimiento y reflexión: volver a uno a partir del espejo del otro. Saber qué se hizo bien y qué mal, qué podría haber sido diferente, y qué será (o no) inevitable.

A medida que esto sucede, ambos, obligatoriamente, irán mutando en sus afirmaciones y perspectivas, inaugurando vitalidades olvidadas, atemperando melancolías, aprendiendo nuevas posibilidades de acercarse. Un viaje hacia uno mismo en el cual es el otro quien impulsa; o, mejor aún, el amor por el otro y su recuerdo. "Ave fénix" que emerge desde las cenizas e incluye postales, cartas antes enviadas, fotos. Letra cursiva y todo el pasado entre sus líneas. La hondura de lo humano y sus vacilaciones, la vida como un camino de aprendizaje.

Los personajes se construyen texto a texto. Se reclaman, se aceptan, se ven invadidos por algún/a intrusa, planifican. Muestran debilidades y fortalezas, evolucionan a partir de ellas, aprenden, se animan, avanzan hacia el vértigo o retroceden. Y escriben. Ambos son escritores, con diferente suerte; pero los dos enjoyan la palabra, la ponen en primerísimo lugar. Exquisita por lo tanto, y por sobre todo, la textura de los intertextos. Hermann Hesse, Rosario Castellanos, Milan Kundera (y esa insoportable levedad), Elena Poniatowska, Mario Benedetti, Oscar Wilde, Cervantes y el Quijote (imposible que no esté en donde Arturo Morell alimente), Carlos Fuentes y otros. Y la música: desde el preludio de Chopin, a Ana Belén, Víctor Manuel, Nacha Guevara, Pablo Milanés, Alaska, Mercedes Sosa, Queen, Tita Merello, Nina

Simone, Edith Piaff y Juan Manuel Serrat. Y Penélope, claro; no podría ser de otra manera: tejer y esperar.

Un párrafo aparte merecen Leonora Carrington y su amistad con Luz María. Empatías de la vida que dicen por sí mismas y el deseo de comparar esta relación con la de su amiga y Max Ernst. Y, finalmente, ahí estoy yo también, con mi novela Chacana. Todo un regalo. Más que una sorpresa, una tremenda hermandad entre nosotros. No quiero develar circunstancias. Ya lo dije: sentarse al lado de ellos, sentir sus movimientos y escuchar.

En paralelo a tanta belleza, los espacios se vuelven prioritarios. México se ve con certeza cinematográfica. Zonas, casas específicas, vecinos. Colonia Roma, la Plaza Río de Janeiro, el Edificio de las Brujas ("con ojos y que sangra", dicen). Y, por encima y constante, el terremoto del 19 de septiembre de 1985 que dividió la historia en un antes y un después abrumador. Todo allí ha sido endemoniadamente difícil ("mis piernas eran de agua" relata ella: un "gigante que les sacó el corazón") y sus habitantes continúan imbuidos por el dolor de la ruptura. Hay una tragedia aún caminando por esas calles, y las cartas no hacen más que intensificarla cuando él le pregunta por lugares determinados para saber si todavía quedan en pie.

En España el territorio evocado parece más sereno. Sin embargo también el atentado de Atocha ha desmembrado vidas y ha sembrado inquietud. La tierra ladra o tiembla, el hombre atenta contra sí mismo... ¿cómo ellos?, ¿cómo nosotros?

Hasta los personajes secundarios tejen y destejen, van y vienen por este mar de la memoria. Aportan misterio, incertidumbre, celos, juicios, preguntas insidiosas o alivios magníficos. Pero, aún en las disidencias que algunos les presentan, Pablo y Luz María sostienen la trama y están dispuestos a no soltarla. Habrá que llegar al desenlace para saber. Y a eso los invito, fervorosamente.

También ustedes son magia

Queridos Luz María y Pablo:

Celebro este encuentro. Ustedes fueron convocándome todo el tiempo. Fui la *voyeur*, la espía, la compañera, la hermana, la confidente. Cada vez que me senté frente al texto sentí placer y ganas. De saber más, de ver cómo continuaban trenzando con la rueca sobre el mar. Ir y venir y estar estando (como diría Juan José Saer[2]). Celebro también la elección de este género narrativo (el epistolar). Lejos de las premuras y la inmediatez, cerca del lirismo que la palabra en su extensión otorga. Preguntarse si hay carta en el buzón es entrar en la cueva de las maravillas para espiar. Es sorprenderse entonces, es acariciar la constancia. Gracias por esa lista final en la que también me incluyeron.

---

2 En su cuento "La mayor".

Algo que te haga volar...
y permanezca siempre
en ti (en mí)

Queridos Dulce María y Arturo:

Más allá de nuestra amistad, fue un honor que me eligieran para pro-
logarlos. Y, sobre todo, fue un regalo el que me hicieran compañera
de ruta en este proyecto bello y luminoso. Recuerdo que, en algún
momento, les pregunté si habían tenido un plan pre-establecido o
si, al menos, ya sabían qué iba a contestar el otro a cada carta... si se
ponían de acuerdo o algo así. Fue deslumbrante saber que no. Que
la correspondencia (y, por ende, la novela) se iba armando al pulso
de ustedes mismos, al pulso de la historia, y las emociones y secuencias, que ella presentara. Maravilloso el resultado. Impecable.

Sorpresa en tu buzón

Queridos lectores:

Sólo hay que nadar, sumergirse, ir y venir con ellos. Ser protagonistas también: enojarse, divertirse, especular, soñar. Rueca sobre la falda para darle forma al tejido. Sólo eso. Nada más.

ANA GUILLOT
Buenos Aires, Argentina. Enero, 2021

FROM: Pablo Miranda (alicanto08@yahoo.com)
SENT: Lunes 19 de marzo, 20:32 hrs.
TO: elavefenix1111@gmail.com
SUBJECT: Las voces... las fotos... la carta

Luz María,

No sé cómo empezar a escribir estas líneas... invadidas de duda e incertidumbre al no saber siquiera si esta dirección electrónica sea el destino correcto de este intento de carta en forma de e-mail, pero quiero correr el riesgo....

Hace poco más de un año recibí por correo postal la devolución de una carta que te envíe... el mundo se me vino encima, era una carta que estuve meses escribiéndola, rehaciéndola, corrigiéndola sin conquistar el valor de meterla en un sobre y enviártela... por la pena que me provocaba ignorar si llegase a tus manos o sería un extraño quien la leyera o que esa dirección fuera incorrecta o simplemente ya no existiera...

Lo mismo me ocurre con este correo electrónico, pero lo escribo por una creciente necesidad... más que vital, de indagar, de tener una certeza, de saber de ti... la misma necesidad que me ha quitado el sueño y me despierta angustiado muchas madrugadas.

Te adjunto la carta que, irónicamente, me fue devuelta el 14 de febrero de 2016... es mi último intento de llegar a ti.

Pablo Miranda

Madrid, España, enero 6 de 2016.

Queridísima Luz María,

Si me atreviera a señalar en el calendario cuántas noches he pasado el tiempo dando vueltas con el pensamiento, para descifrar en qué momento desapareció tu nombre de todas las maneras posibles en que te he buscado, estaría remarcado una infinidad de veces.

Cuando dudaba en escribirte a esta dirección sin saber que llegarías a leer esta carta, no quería que pareciera una especie de desahogo o reproche para poner en claro varias situaciones entre nosotros, no, eso no quería que fuera... eso no será.

Con el paso del tiempo me he dado cuenta de que el adiós entre nosotros fue un simple trámite para que todo quedara en su lugar, para evitar rencores... preguntas que no deseábamos hacernos, por vergüenza o por tedio, ahora no lo sé, o peor aún, lo he olvidado.

Desde que el destino nos fue alejando se ha ido acrecentando en mí una gran paradoja... entre más encuentro el éxito profesional que siempre busqué y al que siempre me impulsaste y motivaste, más vacío existencial se genera, y más crece la sombra de tu recuerdo y de tantos momentos...

Suelo mirar las fotos de los lugares donde aparecen mis padres, mis hermanos y en muchos de ellos también tú estás, como un fantasma travieso y siempre sonriente, pero en esos instantes tampoco me hablas, mucho menos me miras. Disfrutas de los camellones con árboles altos donde corres como adolescente por ellos. Te miro y siento tanto coraje de no poderte tocar, te pierdes en las esquinas, ya no retornas, ya no oigo tu voz.

La diferencia es que al cerrar el álbum puedo tomar el teléfono y marcarle a Mónica o a Javier, mis hermanos. Ellos ya no viven en la ciudad de México, están en Veracruz, muy cerca del mar.

Desde hace tiempo decidí enmarcar las postales que me mandan y que me recuerdan mi infancia, mis años de idas y venidas, cuando iba a la preparatoria y más adelante a la universidad.

Quiero detenerme en el momento en que apareciste en mi vida. No sé si te dabas cuenta de lo incómoda que le eras a muchas personas, era tu sola presencia tan liviana, tan tuya que no solo se quedó conmigo, sino en todos los lugares en donde estuviste.

Debo confesarte que hace algunos meses en mi desesperación por saber de ti, contacté a alguien. Un investigador privado, nos escribimos por correo electrónico y más adelante por Skype.

Me da cierta pena confesarlo, pero me imaginé a un hombre con gabardina, bigote espeso y mirada penetrante. No fue así, resultó ser un joven de no más de 40 años, con playera tipo polo y al lado de él una lata de refresco de toronja. Comenzó a preguntarme sobre tus datos generales: nombre completo, fecha de nacimiento, estatura, color de ojos "tendrá una foto de ella", profesión, último trabajo que yo recordara, padres, hermanos, amigos cercanos... estado civil, no supe que alegar, aún no lo sé.

Deberías responderme de vuelta a esta ridícula carta, diciéndome tal vez que ni te acuerdas quien soy o acaso un poco, pero que no soy importante y que sí, que eres casada con hijos... y, sobre todo, feliz.

En los siguientes meses aquel investigador me dijo que te encontró en varias partes de México. Eran diversos rostros de mujeres que en algo coincidían con los datos que le había proporcionado para que realizara tu búsqueda, pero no eran tus manos, ni tu manera de mirar... no.

Ellas... ninguna de esas mujeres eran tú. Supongo que mi angustia y mi enojo que demostraba cada vez que me daba un informe, provocó que, al sexto mes me dijera que no podía seguir con la investigación "todos los datos que faltan por mostrarle le llegarán por mensajería", fue lo último que dijo y terminó nuestra conversación por video.

El desconsuelo se apoderó de todo el espacio que yo habitaba. Toda esperanza se había esfumado y nuevamente me refugié en mi universo solitario acompañado de mi inseparable tinto de La Rioja y la inevitable melancolía que me lleva a escuchar una y otra vez la poesía de Mario Benedetti "Te quiero" hecha canción en la temperamental voz de mi admirada Nacha Guevara..

Si te quiero es porque sos mi amor, mi cómplice y todo, y en la calle codo a codo, somos muchos más que dos, somos mucho más que dos...

Tus manos son mi caricia, mis acordes cotidianos, te quiero porque tus manos trabajan por la justicia...

Si te quiero es porque sos mi amor, mi cómplice y todo, y en la calle codo a codo, somos muchos más que dos, somos mucho más que dos...

Tus ojos son mi conjuro contra la mala jornada,
te quiero por tu mirada que mira y siembra futuro
Tu boca que es tuya y mía, tu boca no se equivoca,
te quiero porque tu boca sabe gritar rebeldía...
Si te quiero es porque sos mi amor, mi cómplice y todo,
y en la calle codo a codo, somos muchos más que dos, somos mucho más que dos
Y por tu rostro sincero y tu paso vagabundo y por tu llanto por el mundo porque sos pueblo, te quiero

Y porque amor no es aureola, ni cándida moraleja y porque somos
pareja que sabe que no está sola
Te quiero en mi paraíso, es decir que en mi país, la gente viva feliz
aunque no tenga permiso...
Si te quiero es porque sos mi amor, mi cómplice y todo, y en la
calle codo a codo, somos muchos más que dos...
Y en la calle codo a codo, somos mucho más que dos.

Las pocas personas que me conocen bien sabían que esos momentos advertían otra nueva crisis existencial.

Pocas semanas después llegó el sobre del que me habló. Al abrirlo encontré más de treinta fotografías de distintas casas y edificios del Ciudad de México, cada una unida a otra fotografía. La diferencia era que, de un lado venían en color sepia y la que venía unida a ellas eran a color. Entendí de inmediato la secuencia y fue porque los ojos se me llenaron de lágrimas al descubrir que las de tipo sepia eran antes del sismo de 1985 y las que venían a color fueron tomadas en semanas recientes.

Si la distancia era ya marcada aún con la correspondencia que teníamos, fue de manera determinante nuestro alejamiento cuando la Ciudad de México decidió estremecerse sin avisarle a quienes la habitaban.

Reconocí cafés, un cine, varias casas de corredores amplios con las puertas de madera color blanco, con macetones cubiertos de musgo.

Sí, ahí, era en esos lugares, en esas calles donde quería que siguieras caminando. Al fondo del sobre venía una pequeña nota: "siempre hay que buscar donde el recuerdo nos lleva".

De todos los lugares que estaban marcados, muchos al parecer, ya son enormes torres de departamentos de lujo. Solo una de ellas, sin importar el paso de los años sigue siendo casa habitación. Es una vivienda muy pequeña, pero lo que me dio gran esperanza es que el dueño tiene tu segundo apellido.

Mira qué tanta es mi desesperación que aquí estoy mandando una patética carta a una dirección que venía en el remitente de un sobre de 2009 junto con las fotografías sin saber si realmente es tuya.

No espero gran emoción y mucho menos atención a lo que hoy lees. Me conformaría con saber que eres todavía la mujer de la risa plena, que me dijo adiós y se dio la media vuelta porque tenía ese día que ver a sus hermanas para ir a comprar algunas libretas cerca del Zócalo. "El vuelo dura más de diez horas a España, deberías de llevarte algo para leer" fue lo último que escuché de ti. Y qué más podría haber esperado si jamás dije lo que realmente importaba.

Llevo años leyendo y releyendo tus cartas, sobre todo las últimas que me enviaste y aunque he intentado dejar de verlas, no lo logro. No te he podido localizar en internet, me he topado con tantas Luz Marías García, que he desistido... ninguna autora con tu nombre.

¿Dónde está la escritora que soñabas ser?

¿Dónde estás Luz María?

Te envío un abrazo tan fuerte que permita cerrar las heridas entre nosotros.

Pablo Miranda

DE: Luz María García (elavefenix1111@gmail.com)
ENVIADO: Miércoles 21 marzo 2017, 11:10 pm
PARA: Pablo Miranda
ASUNTO: RE: Las voces... las fotos... la carta

¡Qué sorpresa recibir este e-mail!

Me dio un vuelco el corazón y se me nubló un poco la razón.

Es curioso recibirlo justo el día de la primavera cuando nuestras vidas se resisten a dejar el otoño ante el inminente invierno.

Te confieso que no sé si sea éste el destino correcto de tu texto. Pero está aquí, en mi correo electrónico, el cual me ha costado mucho trabajo entender y más... usarlo.

Recuerdo perfectamente tus largas cartas haciendo gala de tu buena caligrafía, la envidia de todo el colegio.

Muchas cosas han pasado desde entonces.

¿Sabes?, hace un par de meses limpiando el cuarto de los "triques" encontré muchos sobres con tus cartas y me puse a leerlas... que curioso leer que tú hacías lo mismo.

Me ayudó a recordar varias épocas de nuestras vidas, desde los momentos en que nuestros sueños se veían tan lejanos, pero teníamos la esperanza que te da la juventud y la vida por delante, hasta que la modernidad fue abandonando nuestra escritura para dar entrada a las máquinas de escribir.

Siempre teníamos competencia en ver quien escribía más rápido y se equivocaba menos ¡qué lata tener que empezar de nuevo cuando algo escribíamos mal!

Tú fuiste quien consiguió primero una Olivetti eléctrica, ¡lo recuerdo tan bien! Y era una maravilla poder corregir lo escrito antes de plasmarlo en la hoja de papel.

En esa máquina escribiste tus primeros versos y varios te ayudamos a organizarlos para encontrar el orden en el que querías que algún día se publicaran.

—¡Este será mi primer libro de poesía!— nos dijiste orgulloso a todo el salón y más de dos te miraban con incredulidad y otros tantos con envidia, esa envidia que provoca alrededor quien se muestra siempre seguro de sí mismo y dueño de la situación.

Y años después lo publicaste. Ese día comprendí la importancia de ser fiel a los sueños de infancia sin importar lo que la vida te ponga enfrente.

Podría seguir hurgando en los recuerdos que se movieron al recibir tu mensaje, pero no es el momento. Conozco casi toda la historia alrededor tuya, más de lo que te imaginas. Sé que este e-mail / carta es para ella, no es para mí, lamento "abrirla" y tener que decirte que ahora no se la puedo mostrar.

Ella está en terapia intensiva. Cuando se recupere la escuchará de mi voz. Esperemos que pueda en breve recuperar la vista, los doctores tienen esperanza y su fe, tú bien lo sabes, es inquebrantable.

Por lo pronto, cuando despierte se la leeré, sé que le dará gusto saber de ti.

Creo que es el momento de que se digan... de que nos digamos todo lo que tenemos que decir, antes de que sea demasiado tarde.

FROM: Pablo Miranda (alicanto08@yahoo.com)
SENT: Jueves 22 de marzo, 09:20 hrs.
TO: Luz María García
SUBJECT: Desconcierto

No sé exactamente cómo tomar esta respuesta.

De un momento a otro fui de la emoción de ver que había respuesta a mi e-mail, a la terrible tristeza, esa que provoca dolor en los huesos... y del enfurecimiento al sentirme burlado.

Decidí relajarme y responder.

Veo la hora y supongo que en México es cerca de la una de la mañana y no ha pasado más de una hora en que diste enter a tu réplica. Aquí apenas llevo la primera taza de café del día y con la desazón de esta sorpresa, ya no apetezco ingerir nada más.

La noticia de que Luz María está en terapia intensiva me ha provocado casi un colapso nervioso... ¿En qué hospital está?, dame por favor un teléfono para poder comunicarme y preguntar por su salud... tampoco he tenido manera de localizar a alguna de sus hermanas...

Por favor, he esperado tanto tiempo para saber de ella que me angustia no poder hablarle sabiendo que se encuentra grave.

Esta es exactamente la misma sensación que sentí cuando vi por las noticias que varias casas habían colapsado el 19 de septiembre de 1985, en la colonia en que vivimos desde niños.

A nadie se lo he confesado y no sé porque hoy lo hago en este momento de ofuscación, pero al día siguiente del temblor, busqué por todos los medios poder tomar el primer vuelo a México.

Fue imposible, el aeropuerto mantenía restringido los vuelos comerciales a México y por varias semanas decidieron suspenderlos. Poco a poco recibí buenas noticias de que familiares y amigos se encontraban bien. Menos de ella. Pero ahora tu respuesta me turba por completo. Además de sentirme descubierto por alguien que me conoce y que no imagino su rostro siquiera, todo esto me parece un juego macabro… me siento acorralado.

Sin embargo, debo guardar la calma, pensar que quien ha respondido a mi mensaje no actúa con malicia. No puedo dejar que la neurosis se apodere de mí, esa que al parecer conoces perfectamente.

Pablo Miranda

DE: Luz María García (elavefenix1111@gmail.com)
ENVIADO: Viernes 23 marzo 2017, 10:05 am
PARA: Pablo Miranda
ASUNTO: RE: Desconcierto

No te desconciertes querido, famoso y controlador Pablo Miranda...

Por cierto, en el correo anterior no te comenté que me había imaginado que tú habías contratado a ese investigador privado.

Fue muy divertido entretenerlo con datos falsos que sabía llegarían a ti y te desesperarían como siempre cuando no tienes control de la situación, no me extraña nada que también él terminara por dejarte solo con tu neurosis. Espero que algún día logres controlarla y así, estar menos solitario como lo confiesas y lo intuyo al leer las entrelíneas en todo lo que compartes.

Ya te diré después quién es el dueño de esa casa y por qué lleva el segundo apellido que llamó tu atención.

Salgo para el hospital... mientras comparte algo más de ti.

Te pienso.

FROM: Pablo Miranda (alicanto08@yahoo.com)
SENT: Viernes 23 de marzo, 17:03 p.m.
TO: Luz María García
SUBJECT: RE: RE: Desconcierto

Por mi han pasado una gama amplia de pensamientos matizados de malestar y enojo cuando supongo de nuevo, que eres una persona con gran perversidad por haber jugado con el "investigador" que contraté, además, de que no me enviaste ningún dato de contacto que te pedí.

No sé ni cómo nombrarte, te percibo un intruso o una intrusa, no lo sé... me siento aturdido.

Por otro lado, has decidido no romper las cartas que encontraste y noto cierta melancolía cuando hablaste de ellas.

Creo que me estas forzando a tener paciencia y soltar el control. Qué difícil, pero está bien, contaré más de mí.

Hacía tanto tiempo que no tomaba una hoja para escribir a mano ni una simple nota. Ahora todo se envía por correo electrónico, por mensajes instantáneos. Y sí algunos de mis amigos me escuchara, diría que huelo a algo más que a añejo.

Tengo que confesar que aún tengo conmigo la máquina de escribir Olivetti con la que también, escribía mis poemas, una hermosa Lettera 25 color rojo cereza. Lamentablemente no la he podido reparar. En la zona donde vivo, ni de manera remota existe un lugar donde se reparen estos objetos ya para muchos de decoración.

Estoy seguro de que, si haces memoria también, la recordarás con la misma lucidez con lo que describes la máquina de escribir eléctrica. ¿Qué opinas de enviártela por paquetería para que la lleves a componer a la calle de Medellín donde las arreglan? No recuerdo el número, pero seguro lo ubicas.

No tengo tu dirección postal, ¿me la envías? , aunque también temo que tu malicia sea demasiada y seas capaz de no devolverla.

Me entra una gran curiosidad de poder de nuevo ver las cartas que escribí hace tantos años. Quisiera verme de nuevo a través de esas líneas.

Ya he contado más de mí, ahora haz algo en reciprocidad, no esperes tanto tiempo para decirle a Luz María que, por fin, de alguna manera la encontré.

Por favor dile, casi susurrándole que le gustaría vivir aquí en esta ciudad porque jamás el sol nos sofoca.

P.D. Anexo mi dirección. Manda por favor una de las cartas que dices que encontraste, yo pagaré los gastos de la mensajería.

No dejes de hacerlo, no dejes de pensarme.

Pablo Miranda

Calle del General Díaz Porlier 31 primero interior derecha
CP 28001, Barrio de Goya, Distrito de Salamanca
Madrid capital, España

DE: Luz María García (elavefenix1111@gmail.com)
ENVIADO: Miércoles 26 de abril 2017, 01:00 pm
PARA: Pablo Miranda
ASUNTO: ¿Intruso?

El intruso has sido tú. Siempre.

Desde el primer día que llegaste a su vida fuiste un importuno en nuestro universo.

No lo tomes como ataque, solo es una respuesta desde mi ego para el tuyo.

Debes estar tranquilo, no hay malicia en mí, nunca la hubo a pesar de que siempre ignoraste mi presencia. Pero cómo no hacerlo, si tu propio carisma te hacia ser el centro de atención siempre, dentro y fuera de la escuela. Lo que estaba alrededor no importaba, salvo en ciertos momentos en que volteabas para verla a ella.

Ella ha despertado, hace una semana.

Todavía no le leo tu e-mail, — o ¿debo decir tu carta? — no por decisión mía, el médico recomendó que no tuviera emociones fuertes para que su corazón no vuelva a agitarse de más, ya sabes, siempre ha tenido un corazón frágil, fácil de romperse y difícil de reconstruirse.

Imagino, no, no imagino, sé que saber de ti le provocará muchas sensaciones encontradas. No podría asegurar de qué tipo, pero si a mí leerte me removió el pasado, más a ella.

27

Por otro lado, ¡qué bien que conserves todavía tu máquina de escribir! Lamento leer que no funciona, y lamento aún más decirte que no sé si aún existe ese lugar en la calle de Medellín donde las reparaban y no conozco otro sitio donde lo hagan.

De hecho, creo que desde el temblor del 85 desapareció ese local con don Fermín dentro. Ahí fue donde se quedó la máquina de escribir en la que ella contestaba tus cartas. Eso tampoco lo sabías.

Nunca entendí como profesabas tanto amor a través de tus escritos y no te involucrabas en la vida cotidiana, en los sueños y en los problemas del día a día, ahí es donde se demuestra el amor. Creo que cuando la invitabas a tus reuniones familiares era más para presumirla como un trofeo, que para hacerla parte de tu mundo. Sí, siempre su sonrisa y liviandad llamaba la atención.

Creo que sería para ti muy interesante leer lo que le escribías, para entender por qué te comportabas de esa manera y seguramente te dará material para tu terapia. ¿Sigues cambiando de sicólogo cada tres sesiones?

Por cierto, perdona que tardara casi un mes en responder tu e-mail, pero entre el hospital, su regreso paulatino a las clases cuidando su recuperación de la vista y la preparación del evento del día mundial del libro pues se nos ha venido el tiempo encima, cada vez tenemos menos "tiempo" para todo, ¿no lo crees?

Además, he de confesarte, que tardé en asimilar tu acusación de ser un intruso o intrusa, lo que me reiteró una vez más la ausencia de mi presencia en tu vida. Te dejaré con la duda, en reciprocidad a tu indiferencia. No hay venganza en esta acción, o quizá un poco, bien dice el dicho que "la venganza es un platillo que se come frio". Aunque conociéndome, sé que es más una travesura, ya sabes cómo somos quienes nacimos bajo el signo de virgo.

Me divierte leerte inquieto, sin saber quién te está observado y lo ha hecho durante mucho tiempo sin que le percibieras. Debo confesar que, además, de divertirme, me excita un poco.

Te mando como archivo adjunto una foto de la primera carta que le enviaste a ella. Te ahorrarás el envío por paquetería, aunque de haber decidido enviártela físicamente desde luego que no te lo hubiera cobrado.

Fue grosera tu propuesta que entraña una insinuación de mal gusto, pero es muy acorde a tu personalidad.

Ahí va. Espero correspondas a esta acción de buena fe compartiendo la carta con la que ella te respondió, si es que todavía existe y la tienes contigo.

Atentamente

Intrus@

P.S. Felicidades por el premio que acabas de recibir.

FROM: Pablo Miranda (alicanto08@yahoo.com)
SENT: jueves 27 de abril, 10:05 hrs.
TO: Luz María García
SUBJECT: También eres magia

Jamás quise ofenderte. Pero debes comprender que me sentí preso de ti. Aun lo percibo así. Es tan simple al ver que tú eres la única persona que puede decirle a ella cuánto la he buscado. Este silencio de casi un mes, para mí eterno, fue de mucha reflexión. Sentí que la había encontrado y perdido de nuevo, por no controlar mis impulsos.

No quisiste darme ningún dato de contacto, la incertidumbre me calcinaba.

He leído y releído estos correos y encuentro tanto reproche en cada una de tus palabras.

Hago memoria y en cada uno de mis recuerdos te intento encontrar. Aparecen muchos nombres y rostros... muchas personas... pero ninguna tan cercana a ella.

En realidad, Luz María vivía en una burbuja transparente donde no dejaba que nadie entrara. A veces yo lo podía hacer, pero cuando trataba de saber más de ella, sobre cómo estaba, qué le preocupaba, simplemente decía algo banal y cambiaba el rumbo de la conversación a algo que yo deseaba decirle.

No me acuses al decirme que solamente la hacía parte de mi mundo para presumirla y exhibirla como un trofeo. Nunca la vi así, para mí era un remanso en esas reuniones a las que no podía dejar de asistir.

Ella no era como la mayoría de mis amigas, era libre. Y no quiero que comiences a pensar que es idealismo. Su libertad también lastimaba... ¿quieres saber algo?, cuando le conté la oportunidad que tenía de poder estudiar la maestría en Madrid, ella se mostró tan feliz por mí. Pero en el fondo me hubiera gustado notar un dejo de tristeza. No lo hizo.

Y a lo mejor es mi culpa. Jamás le dije lo trascendente que era para mí. Sucede creo yo, tampoco lo sabía. Era... soy egoísta y en ocasiones quiero que solamente lo bueno, lo malo que me sucedía... que me ocurre... sea el tema único de conversación.

Sí, Luz María siempre dio más siempre estaba, nunca, fue indiferente a lo que me sucedía. Y creí que, si yo confesaba mi sentir entre líneas, ella —de nuevo— diría algo para escabullirse. ¡Qué tonto y egocéntrico era... soy!

Quiero compartirte que aquí también celebramos el Día del Libro, en uno de los colegios donde doy clases de literatura hispánica, decidieron disfrazarse de su escritor o escritora que más les ha gustado en el curso; en los últimos meses y con toda la alevosía que es parte de mi personalidad, les he leído mucho de Rosario Castellanos, —y sí dices ser tan cercana a ella— bien sabrás que es su escritora favorita. Para mi sorpresa dos de mis estudiantes llegaron disfrazadas de "Rosaritos Castellanos".

Ese día al termino de clases busqué el texto favorito que tenía subrayado en el libro de Balún Canán, y que me sé de memoria: "El que se va se lleva su memoria de rio, de ser aire, de ser adiós y nunca".

Más que cualquier otro día extrañé su presencia cuando, en la Sala de Columnas del Círculo de Bellas Artes de Madrid, se realizó la lectura ininterrumpida del Quijote. Son 48 horas maravillosas. ¿Sabes? participan muchos personajes importantes de todo el mundo, incluido México y es algo que irremediablemente me gustaría vivir junto a ella.

¿Ves cómo me asombras? Que te puedo decir sobre mis terapias con los varios... muchos sicólogos con los que he ido.

Tengo que confesarte —de nuevo— que cuando ella estaba cerca de mí... me daba paz y una extraña tranquilidad por decirle todo lo que me inquietaba... ese es un don o virtud o llámale como quieras, que tiene y sé que todavía conserva.

Dale un beso en la frente, que dure un poco más de lo acostumbrado, ella, quiera o no recordará que es de mi parte. Hoy aun cuando el sol apenas se deja ver, me has dado la mejor noticia al saber que ya está bien.

Te haré llegar la carta por mensajería, para que no pierda el significado, eso que ya nadie recuerda, ¿me darás por fin la dirección?

He recordado la risa de Luz, cuando cursábamos la preparatoria, antes de terminar este correo, cuando los días viernes íbamos a La Bella Italia por dos Hot Fudge, donde ella pedía que le pusieran una ración más de tozos de nuez en el suyo. Nos sentábamos en aquellas sillas de colores amarillo y rojo. Parecía que esperábamos que llegara ese día, hacíamos un recuento de todo lo que habíamos visto en la escuela. Después, la acompañaba a su casa, recuerdo que sus hermanas nos observaban por la ventana del segundo piso. Ella se ponía un tanto nerviosa y se despedía pronto de mí. Agradezco tus felicitaciones, si supieras cuánto hay de mi ciudad en este libro, tanto de ella.

Intrus@ también eres magia.

Pablo Miranda

DE: Luz María García (elavefenix1111@gmail.com)
ENVIADO: jueves 27 de abril 2017, 08: 07 pm
PARA: Pablo Miranda
ASUNTO: RE: También eres magia

Me sorprende y me intriga no leer en tu e-mail algún comentario sobre la carta que te envié de manera adjunta.

Después, al revisar que se hubiera enviado, me di cuenta de que la fotografía de la carta no se adjuntó al e-mail. Entonces entendí por qué no mostraste ninguna emoción al respecto.

Pero tampoco mencionaste que no la recibiste. Qué extraña situación para un reconocido escritor que tiene todo bajo control.

~~Decidí ya no mandarla~~.

Aun no decido si te la enviaré al terminar este correo-carta-misiva ~~o la mantengo solo conmigo~~.

Te propongo que en nuestras siguientes dos o tres cartas ~~no abusemos del delete~~ eliminemos el delete y marquemos como "testado" lo que decidimos mejor borrar.

Así podremos ~~generar más confianza~~ conocernos mejor.

Es obvio que sé que Rosario Castellanos es de sus escritoras favoritas, no sé si la principal, ya que últimamente se han modificado radicalmente sus gustos literarios.

Le he dado el largo beso en la frente que le enviaste. ~~No hubo comentario alguno~~. Sonrió levemente desde esa burbuja transparente que bien describes. Hace mucho no recibía un beso así.

Sabemos todo lo que hay en tu libro de nuestras historias, aunque en algunos momentos, no es tan cercano a la realidad.

Comentamos en su momento que te ganó la ficción y colocarte nuevamente en el centro de la atención fue tu prioridad. Daniel y Estela son unos protagonistas muy controvertidos, en momentos profundamente entrañables, pero insoportablemente fríos y distantes. ~~¿Cuánto de ti y de ella hay en Daniel? Me recuerdan "La insoportable levedad del ser" y no sé si eso me agrada o no.~~

Evoco el momento en que decidiste irte a España, ¿agosto de 1980?

Y tienes toda la razón, le dio mucha felicidad por ti y se preguntaba qué hubiera pasado en ti si la beca la obtenía ella y no tú, ~~vamos, si la situación se invirtiera.~~

Su respuesta fue inmediata. Sabía que no te hubieras puesto feliz y seguramente algo de envidia aparecería.

Aunque sigas haciendo memoria en quienes la rodeaban en el colegio y en su vida para tratar de ubicarme difícilmente lo lograrás. ~~En el fondo deseo que sí lo hagas, así sanaré las heridas generadas por esa indiferencia.~~

La primera carta que le escribiste te la enviaré en cuanto reciba la primera que ella te escribió. Solo conozco el contenido de una de ellas y muero de curiosidad por leerla y empezar a atar cabos. ~~Porque he de confesarte que estamos preparando algo.~~

¿Soy también magia? ~~*¿Estáis seguro tío?*~~
Saludos envueltos en una media sonrisa maquiavélica,
Intrus@

Distrito Federal a 08 de septiembre de 1976

¡Hola!

A mí también me da mucho gusto conocerte.
La verdad es que tenías cara de asustada
A mí me dijeron "la nueva" al igual que a ti
y se siente muy feo que nadie te hable. Estoy
segura que con el tiempo te gustará mucho la escuela.
Aunque el uniforme es muy feo... o muy triste
¿Sabes? me da mucho gusto el haber encontrado
a alguien que también se apasiona por la escritura.
Estoy segura que por lo mismo te va a interesar
participar en el concurso de poesía interescolar.

A lo mejor te suena atrevido pero me gustaría saber,
o leer más bien, lo que escribes... bueno
solamente si quieres... yo a nadie le he mostrado
mis cuentos o mis pequeñas poesías. De por sí, me
dicen "la matada" por usar lentes
¿Tienes una poesía favorita?... mi papá me
regaló un libro pequeñito de Gabriela Mistral, todos
sus poemas son muy bonitas, yo cre que te gustarían
mucho.
Bueno ya me voy. Nos seguimos escribiendo.
— Luz María

México DT. 6 de septiembre de 1976

¡Hola!

Me atrevo a escribirte esta carta porque siento que me expreso mejor escribiendo que hablando. No sé por qué, pero así me pasa.

Me dio mucho gusto conocerte ayer. La verdad es que me sentía no muy emocionado de llegar a este colegio porque siento que todas se conocen desde la secundaria o desde la primaria, y yo sería como el "nuevo" y nadie me haría caso.

Gracias por darme la bienvenida y enseñarme todas las áreas de la escuela.

Me gustaría mucho que lleguemos a ser amigos porque siento que tenemos cosas en común.

A mí también, me gusta escribir poesías como a ti y te voy a confiar un secreto: ayer en la noche empecé a escribir una nueva y tú vas a ser la primera que la lea.

Me gustó mucho platicar contigo y la manera en que te ríes.

Eres muy bonita y provocas en la gente mucha admiración.

Además eres muy inteligente y te gusta leer.

Gracias por hacerme sentir bien en esta nueva ciudad y nueva vida para mí.

¡Te deseo que seas feliz hoy y siempre!

Tu nuevo amigo

Yo.

Hola

FROM: Pablo Miranda (alicanto08@yahoo.com)
SENT: martes 02 de mayo, 10:08 hrs.
TO: Luz María García
SUBJECT; La pequeña caja de madera

Aquí en Madrid es día de descanso, esta vez no quise asistir al desfile del Día de la Comunidad. La mayoría de mis amigos si lo hace y después van a comer con sus familiares, por lo general a mí no me faltan invitaciones, pero preferí escabullirme con el pretexto de que tenía que preparar varias clases y exámenes.

No sé si me creyeron, muchos de mis compañeros me han dicho que estoy muy distraído. No mienten. El torbellino de recuerdos es a veces poco tolerable. Ahora que encontré varias cartas escritas por ella.

Tú ya tienes la primera que me escribió cuando éramos unos mocosos. También con ellas vienen las escritas en aquellas hojas marquilladas de color amarillo, que ella usaba en sus clases de mecanografía. Yo sabía que para nada hacia esos ejercicios aburridos de secuencias de letras llenando más de diez cuartillas: *nkl, kln,lkn,asfd,safd,fdsa,dasf,* y mejor utilizaba las horas de clase para pasar en limpio sus poemas. Sabía yo que en su casa no tenía máquina de escribir y aunque guardaba lo escrito en su cuaderno con todo recelo, para ella el que estuvieran escritas a máquina, le parecía un trabajo más "serio". Y con lo que te digo, vienen un sinfín de recuerdos entretejidos.

Al terminar el primer año de preparatoria, los dos fuimos a escondidas a la Lagunilla para buscar una máquina de escribir de medio uso. Después de mucho buscar encontramos una Mington Rand, semiportátil, con su caja original para transportarla, parecía ser una pieza única y con un color un poco raro porque según, el vendedor, solamente se encontraba en color negro, pero esta era en un tono azul intenso. Además, para ser de los años 30´ se encontraba funcionando bien.

A Luz María no le importó que tuviera un pequeño detalle en la escritura; la letra *S*, se llegaba a encimar un poco.

Recuerdo que de su bolsa sacó una pequeña caja de madera donde guardaba el dinero que había ahorrado. El dueño de la tienda no pudo evitar mostrar sorpresa, con cierto sentimiento paternal. Estoy seguro de que tampoco contó el dinero.

De regreso a nuestras casas iba radiante, conversaba más de lo normal. Fue la primera vez que la escuché hablar sobre su familia. Me contó de su papá, un hombre que a mí me provocaba cierto miedo por su aspecto duro. Pero a ti qué te cuento, si dices ser tan cercan@ a ella, tendrás más detalles de los que yo pueda recordar.

No sé por qué, pero presumes de algo de lo cual me has demostrado muy poco.
He sido lo suficientemente prudente para preguntarte, qué fue lo que la llevó al hospital. Sé que es un tema del corazón, un padecimiento que desde antes de que me fuera de México, la hizo bajar el ritmo a sus actividades. Como sabrás tengo una afición por suponer las cosas, lo cual me provoca ansiedad.

Te pediría que me dieras más detalles. Entiendo que esta correlación extraña se ha convertido en una especie de trueque. Un juego que también, a los dos nos gusta o a lo mejor, no lo sé, los dos buscamos respuestas. Lo curioso es que tú sabes lo que deseo… y en lo absoluto sé lo que tú quieres de mí.

Saludos querid@ intrus@.

DE: Luz María García (elavefenix1111@gmail.com)
ENVIADO: miércoles 03 de mayo 2017, 14:05 pm
PARA: Pablo Miranda
ASUNTO: RE: La pequeña caja de madera

Gracias por compartirme la primera carta que te escribió Luz María. Sentí una emoción muy profunda al verla. Su letra me catapultó a un valle de melancolía donde me quedé por un largo rato. Lamentablemente la realidad me regresó a la vida cotidiana.

Hace dos años le preparamos una fiesta sorpresa por su cumpleaños 60 y ese día la emoción la desbordó. Disfrutó mucho la celebración y el cariño de quienes la rodeamos y la amamos, sobre todo de quienes permanecemos a su lado desde hace más de 40 años o toda la vida, en las buenas y en las malas.

Quizá fue demasiada la emoción que su corazón no lo resistió y en la noche se puso muy mal. La llevamos a urgencias del hospital de cardiología y la estabilizaron. Fue un preinfarto. Desde entonces, ha sido un ir y venir con médicos. A pesar de sus dolencias, no pierde su característico buen humor, pero su vista se ve afectada cuando su corazón falla y no puede fijarla mucho tiempo. No sabemos la causa exacta que provoca eso.

Por esa razón, ella me dio su contraseña y me pidió que revisara sus correos electrónicos para que no perdiera algo urgente o importante. Es infinita la confianza entre nosotros.

¿Puedes imaginar lo duro que es para ella no poder leer ni escribir y solo mantener la visión estable para las actividades cotidianas básicas?

A pesar de ello, insiste en dar clases, ya que, como ella siempre lo dice, le da vida, aunque ya podría jubilarse.

En el colegio donde trabaja desde 1987 años le tienen gran estima y la apoyan en todo, no se diga sus alumnos, ellos la adoran. Ya disfruta enseñar a preparatorianos.
Entre sus alumnos egresados hay personajes muy destacados de la política, la cultura y el espectáculo.

Sé que perdieron comunicación desde el sismo del 85. Muchas cosas han pasado en estos años... en septiembre de este año se cumplen 32 años de esa tragedia que cambió el rumbo de nuestra ciudad y muy en específico de la colonia donde vivíamos... quizá la más afectada de la metrópoli.

Por cierto, leí una nota en la que hablaban de que Alfonso Cuarón prepara una película situada en la Colonia Roma, donde él vivió de niño. Luz María y yo ya morimos de ganas de verla. A ella ya le tocó ver grabaciones en la calle con una chica oaxaqueña que la protagoniza. Creo que la pasarán por Netflix, así que seguramente la podrás ver.

¡Ah! debo decirte que en su librero preferido conserva el libro de Gabriela Mistral que le regaló su papá. Te agradará saber que en la página donde está el poema "El placer de servir" permanece el trébol de cuatro hojas que le obsequiaste.

Desde entonces me lo sé de memoria...

Toda la naturaleza es un anhelo de servicio; sirve la nube, sirve el aire, sirve el surco. Donde haya un árbol que plantar, plántalo tú; donde haya un error que enmendar, enmiéndalo tú; donde haya un esfuerzo que todos esquiven, acéptalo tú...

En fin. Es curioso que no has vuelto a preguntar por la salud de Luz María.

 Intrus@

P.S. No hiciste caso de mi propuesta de testar en tu carta en lugar de borrar.

FROM: Pablo Miranda (alicanto08@yahoo.com)
SENT: Domingo 07 de mayo, 10:05 hrs.
TO: Luz María García
SUBJECT: Mala hierba

Intrus@, antes que nada, dime, ¿cómo......?, ¿ya le hablaste de mí?

Aquí es domingo y no son mis mejores días, los evado siempre y entretengo la memoria para que esta no sienta como es que extraño los pasos de Luz María... pequeños e impalpables.

No puedo dejar de recordar que ella y sus tres hermanas iban todos los domingos a ofrecer flores a la Virgen en la iglesia de la Sagrada Familia.

Ella no tan convencida de hacer tantas reverencias ante la figura de una mujer de yeso que no tenía gesto alguno, "qué le voy a rezar si ni siquiera ve al niño que tiene entre sus brazos", pero eso no se lo decía a ninguna de sus amigas cercanas, mucho menos a sus hermanas y ni pensar a su madre. Me lo confesaba el lunes en uno de los recesos que teníamos en la escuela.

> Dime si no pierdo el tiempo. Suficiente es tener que escuchar el sermón del sacerdote. Pero más vale que no diga lo que pienso, porque entonces mi mamá comienza a preguntarme qué es lo que ahora estoy leyendo. Pues qué voy a leer más que lo que mi papá compra en las librerías de San Juan de Letrán. Mi madre dice que eso es lectura para personas ya grandes, que nosotras tenemos con los libros que nos dejan leer en la escuela.

Yo la escuchaba entretenido por su ofuscación. En ese mes de mayo de nuestro segundo año de prepa, sacó de la bolsa del uniforme, un librito delgado. La portada era el dibujo de un hombre sentado afuera de una casa, con enormes letras venía el nombre del autor Carlos Fuentes y enseguida en la parte inferior el título del libro: Aura.

Mira Pablo, mi papá lo acaba de comprar, lo olvidó hoy en el sillón donde lee su periódico. Leí los primeros párrafos y no pude evitar traerlo para enseñártelo: *Te sorprenderá imaginar que alguien vive en la calle de Donceles. Siempre has creído que en el viejo centro de la ciudad no vive nadie.*

La escuché leer, esta vez sin pena de hablar en voz alta.

El libro de Aura fue tema durante las siguientes semanas entre los dos. Estoy seguro de que te intriga si fuimos a ver quien vivía en aquella casa, no lo niegues, ~~ya te observo a través de tus palabras escritas...~~

Ves cómo intento distraer mi mente. Me he levantado por un café y he regresado a la cama para seguir escribiéndote, aunque no tengo el suficiente apetito. No he querido ver qué dicen hoy las noticias. Aunque lo imagino, todos hablan de Macron, lo llaman el *Principito*. Ya mañana en la universidad tendré mucho que opinar al respecto. Hoy solo quiero que el domingo no me golpee tanto, que la añoranza no me atrape y para ello me detengo del recuerdo de México, ~~de ella y ahora hasta de ti.~~

Solo espero que la vida no me castigue y muera un domingo, eso sería tan difícil.

Aquí como seguramente en México, el papeleo sería más lento de lo acostumbrado... tendrían que avisar a mis hermanos... y ellos no sabrían exactamente qué hacer. He pensado poner tu correo como un tercer contacto, ~~no serías tan mala persona para no agilizar los trámites de mi traslado.~~

Pero no te apures tanto, Luz María siempre me decía cuando se enojaba conmigo que yo era como la "mala hierba" y yo sarcástico le respondía: "mala hierba nunca muere". Entonces levantaba la ceja y guardaba silencio.

La realidad es que nunca nos enojamos, era yo quien decía cosas que seguramente la llegaban a lastimar ~~y que generalmente no me daba cuenta.~~

Ella se alejaba por unos días de mí. Eso me producía mucha zozobra, algo que trataba de ocultar entreteniéndome —como lo sigo haciendo—, pero el solo imaginar que no volvería a estar cerca de ella, de hablar con ella... era algo que poco podía concebir.

Ella no decía nada de lo ocurrido o de lo que la había molestado... o inevitablemente herido... entonces Luz María iniciaba la conversación con cualquier tema. Por esa simpleza de cómo enmendábamos cualquier conflicto es porque siempre quise, quiero que estuviera esté conmigo, ~~algo que jamás le exprese...~~

Aunque no lo acepte, tengo que agradecer que estés cerca de ella para que pueda hacer lo que más le gusta y es enseñar. También deseo pensar que sigues sin decirle nada de mí, por cuidarla.

Para que veas mi buena intención y que cada vez te siento más cercan@ anexo dos de los poemas, pensamientos o apuntes, ¡qué importa!... lo que escribió, decía ella que no tenía destinatario, ~~pero yo siempre he soñado que eran para mí~~

44

Acepto tu juego de no quitar nada de nuestra correspondencia.

Con afecto querid@ intrus@... en domingo.

Pablo Miranda

Distrito Federal 07 de enero 1977

Miramos el cielo,
quisiera saber qué dibujas en tus ojos.

El rocío en el pasto moja nuestras espaldas,
tocamos las nubes o eso creemos.

Río .y después guardo silencio...
mis labios piensan tu nombre

La vida esta llena de las hojas de los
árboles... nos inundan como la
risa de los niños..

La lluvia nos hace sentir y sonreír en los
días que no hay sol.

DE: Luz María García (elavefenix1111@gmail.com)
ENVIADO: Domingo 07 de mayo 2017, 06:02 pm
PARA: Pablo Miranda
ASUNTO: RE: Mala hierba

Los domingos siempre han sido para ella de color gris... acentuándose más por las tardes. Quizá desde entonces así los percibes tú también, muchos de sus pensamientos permeaban en quienes la rodeamos. Los describiste muy bien en tu primera novela. Mientras la leíamos ella se identificaba con muchas de las ideas y conceptos, era como leerse a sí misma. Siempre con pasos cautelosos, como tú la recuerdas etérea, como uno de tus personajes.

Los domingos aquí siguen siendo iguales. Me he contagiado de su esencia, ¿cómo no hacerlo con la energía que emana de ella este día de la semana? Luz María renunció por varios años a ir a la iglesia cada domingo a rezarle a las esculturas.

Regresó a ese ritual después de que su padre falleció y quería acompañar a su madre, para quien siempre ha sido importante la misa dominical.

Me emocionó ver que el escritor "todo bajo control" aceptara la propuesta de no borrar y solo testar. ¡Con eso es suficiente! Las pocas frases testadas dicen más de lo que te imaginas.

En reciprocidad a esa atención te contaré algo. En la prepa tú te sentabas siempre hasta adelante y Luz María en la banca de atrás. Ella por alguna razón se sentía más segura así, muchas veces lo discutimos, pero ella siempre quería estar sentada detrás de ti.

Yo les observaba desde la última fila de bancas, y tomaba detalle de cada acción, de cada situación, pero pocas veces interactuaba. Por eso quizá nunca te percataste de mi presencia. Ella, sin embargo, me ha compartido cada emoción, cada desilusión, la alegría que le dio conocerte y las dudas que le provocaba dejarte entrar en su mundo pero que poco a poco lo fue haciendo.

Va otra confesión: conmigo estableció Luz María una relación epistolar para confiarme todo lo que a ella le ocurría. Sabía que nunca le traicionaría, que podía desconfiar de cualquier persona menos de mí. Esa es la razón por la que sé todo de ella... y de ti.

Quizá más adelante te comparta algunas de esas cartas que me escribía casi a diario. Durante mucho tiempo han sido mi gran tesoro y regreso a releerlas en momentos de confusión o desesperanza. Me devuelven la ilusión de nuestra juventud.

¿Sabes?, le espantó mucho darse cuenta de que cumpliría 60 años. Cuando tomó conciencia real de ello se comenzó a angustiar y a deprimir. Nunca había sufrido ninguna crisis de la edad. Pero un año antes sintió que su vida se estaba consumiendo a pasos agigantados y que en efecto su juventud ya no existía, ni mucho menos era "la joven promesa" de que sería una gran escritora como lo decía el profesor Benítez de literatura.

Eso la llevó a una depresión profunda. Preocupados por su situación decidimos organizar la fiesta de cumpleaños y al final nos resultó contraproducente. No bastaban las felicitaciones ni las muestras de afecto de quienes siempre hemos estado con ella para lograr sacarla de esa oscura melancolía que le angustiaba terriblemente.

Me duele compartirlo, pero creo que es necesario que lo sepas por la relación que existió entre ustedes y el cariño que siempre te ha guardado a pesar de tu ausencia y olvido. Luz María intentó quitarse la vida. Afortunadamente no lo logró y desde entonces está bajo supervisión médica.

Esa es la razón principal por la que aún no le comunico tu aparición, súbita y repentina, aunque para mí ya anunciada por el investigador que contrataste.

Yo fui quien le dio el e-mail al que ahora escribes y esperaba desde hace más tiempo tu comunicación. Como siempre te tardaste en hacer presencia para cerrar temas pendientes.

Dime la verdad, ¿escondes alguna culpa que necesitas sanar?

Intrus@

P.S. Gracias por compartir los poemas que te escribió, ~~los había olvidado~~. Por cierto, sí, eran para ti.

FROM: Pablo Miranda (alicanto08@yahoo.com)
SENT: martes 09 de mayo, 21:50 hrs.
TO: Luz María García
SUBJECT: Casi 10 de mayo

Leí tu correo y me he quedado muy entristecido. ¿En qué momento la inestabilidad se apoderó de ella?, ¿cómo pensó, cómo intentó quitarse la vida? No, no pienses que la estoy juzgando, sería incapaz de hacerlo, además de no tener derecho alguno.

Tu voz que apenas escucho, la que me narra todo lo que ha ocurrido en estos años la trato de escuchar en el salón escolar. Y no lo logro, por eso tal es mi desconcierto por todo lo que me cuentas.

Es cuando me pregunto ¿Cuál era ~~o es~~ tu afán de mantenerte en el anonimato? La personalidad que has demostrado en este tiempo no es de alguien sumis@, sí solidario, pero ~~pareciera que llegaste siempre a los límites~~, y si fuera así, debes tener una razón muy fuerte. ¿Qué tanto has sacrificado tu vida personal?, ¿ella en verdad, necesitaba un@ confidente para poder decir todo lo que estaba viviendo?

Me surge la duda de qué era lo que yo representaba en su vida, el por qué no fuimos lo suficientemente honestos de decir lo que sentíamos ~~o lo que no~~, el uno por el otro.

¿Qué es lo que nos hace actuar con tal egoísmo que suponemos que tirándolo en un cúmulo de páginas que terminan siendo parte de un libro, nos quita responsabilidad de lo que hicimos, dijimos u omitimos? Mira cuántas interrogantes tengo a mi edad.

Sin embargo, no tengo dudas sobre lo obstinada que era Luz María aún en medio de su timidez. Bien sabes que su domicilio estaba a tres casas de la pintora Leonora Carrington, — Chihuahua 151— "Pablo ella no le habla a casi nadie, tiene un gesto siempre de enojo. Yo sí creo que era muy bonita de joven, ¡imagínate! no debe ser fácil que tu papá te crea una extraña, simplemente porque quieres hacer lo que más te gusta. Igual y podemos ser amigas" Yo la miraba incrédulo.

Mañana es 10 de mayo en México, y aunque no es día que yo festeje desde que mi madre falleció, me pregunto si a Luz María la festejan ~~y a ti~~.

Hay algo que me cuestiono también. Sé que ha sido un mail lleno de muchos cuestionamientos, pero si dices ser tan amig@, tan leal, tan solidari@. ¿Por qué en su inconciencia, en la que muchas veces podemos caer, hundirnos, no tomaste parte de su trabajo literario y buscaste cómo publicarlo para que no quedara ella en una simple "promesa literaria" que de pronto se apagó?, ~~no quiero pensar que has sido un propósito oculto de tu parte.~~

Aun con afecto,

Pablo Miranda

DE: Luz María García (elavefenix1111@gmail.com)
ENVIADO: 10 de mayo de 2017 05:12 pm
PARA: Pablo Miranda
ASUNTO: La escultura

Nada que celebrar el día de hoy. Pablito, el hijo de Luz María está fuera de México. Sí, se llama igual que tú. Pero no te emociones, me imagino que fue una coincidencia con el nombre de su padre. Se fue a estudiar a Barcelona, se enamoró y prefirió quedarse a vivir con su pareja que regresar con su madre.

Qué ironías de la vida. Dos personas importantes en su vida decidieron dejarla por irse a España. ¿Qué tiene ese país que atrae tanto a los Pablos y provoca dejar los afectos mexicanos?

Qué bien que recuerdas lo atrayente que resultaba para Luz María la personalidad de Leonora Carrington. Ella siempre quiso ser su amiga y lo consiguió. Su relación se fortaleció cuando dejó de vivir en casa de sus padres. Leonora y sus hijos fueron siempre muy solidarios con ella.

Imagina que tan fuerte era su lazo de amistad, que la escultora le regaló una pieza maravillosa que ha alegrado su vida de una manera indescriptible. Obviamente nunca hubiera podido comprarla por lo alto de su costo, pero además viene cargada de un peso emotivo mucho más valioso.

No toques el tema de las publicaciones. En efecto no tienes que juzgar nada. Para tu información, he insistido constantemente que publique y ella se niega. Han sido intensas discusiones al respecto, pero siempre gana su inseguridad, esa que le sembraste tú, quiero pensar que, sin intención, aunque a estas alturas y con lo que observamos que ha sido tu vida y tu carrera me atrevo a cuestionármelo.

Perdona si en mis palabras encuentras dureza y reclamo, comunicarme contigo me está ayudando a sanar heridas profundas. Me agrada leerte y quisiera mermar el rencor que te tengo por tanto tiempo de indiferencia y silencio.

Intrus@

FROM: Pablo Miranda (alicanto08@yahoo.com)
SENT: 12 de mayo 2017, 20:01 horas
TO: Luz María García
SUBJECT: El canto del universo nos tentaba

No tienes porqué extrañarte, España es tan cautivante para muchos. En mi caso fue la casualidad que me trajo hasta aquí. Mira que hoy al abrir el periódico en la sección de cultura me encontré con un reportaje sobre los muchos escritores que sitúan sus textos en Madrid.

Para mí fue de gran sorpresa encontrar mi nombre entre ellos: Ramón Gómez de la Cerna, Manuel Luis Fernández Zaurín, Raquel Peláez, Pablo Miranda, Ben Lerner... el único mexicano en una lista donde en su mayoría son de escritores españoles destacados, y de pronto mi nombre junto con una semblanza de mis libros.

Me siento un tanto ingrato, debería intentar hablar más de México, de aquel que dejé hace ya 32 años y que sin importar el pasar de los años me sigue gritando que gire, que no olvide, que me detenga, que llore, que grite, que maldiga si es necesario... con el nombre siempre de Luz María en el centro de todo.

Por otro lado, no sé explicar exactamente lo que provocan tus confesiones tan abruptas. Imposible que Luz María quedara sola, solo alimentándose del recuerdo de algo que no sé ni qué nombre ponerle. ¿Por qué fuimos tan prudentes?, ¿por qué no fue determinante ella conmigo?, ¿por qué yo no lo fui también?

Ahora que nombras a Leonora no es nada extraño leerlo. Hace algún tiempo leía una entrevista de Pablo Weisz, y decía: "Ser hijo de Leonora Carrington es el equivalente a ser hijo de un personaje extraterrestre..." Y podría decir que estar cerca de Luz María en ocasiones era algo muy similar.

Por eso no dudo que hayan sido amigas o que haya existido una relación más de madre e hija; seguramente encontró una total complicidad, algo que con Doña Elena su madre jamás existió. "Pablo yo quiero vivir el mismo torbellino que vivió Leonora con Max Ernest, no importa que me lleve a la misma locura que a ella" —decía—

Veo que no has querido seguir el juego de no dar delete, has cuidado mucho tu discurso en tu último correo, supongo es porque deseabas que tus palabras llegaran con precisión, lo lograste.

Ahora quiero iniciar algo nuevo, tomando en cuenta que eres lo más cercano que tengo de ella. Durante un largo tiempo… años, no perdí contacto con ella cuando ya vivía en España. Las cartas no fueron tantas como hubiera por lo menos yo querido. Y de alguna nos comunicábamos de muchas maneras… hasta decidimos mandarnos algo que nos hiciera sonreír un poco más en el abismo de la distancia.

"Por más que lejos mires la remota lejanía, siempre habrá más allá del espacio infinito… Por más horas que cuentes, siempre habrá un tiempo sin límites, un antes y un después" … Es parte de un libro que encontré en la Librería Barceo de aquí de Madrid. Cuando lo vi sin importar su valor, lo compré y al día siguiente lo puse en el correo aéreo.

Si dices ser sus ojos, sus piernas, sus manos. También eres parte de sus pensamientos, sabrás entonces, de qué libro hablo, en qué momento tan especial le llegó y lo que significa para los dos.

El canto del universo nos tentaba, mi queri@ intrus@

Aquí anochece,
Con afecto.
Pablo Miranda

DE: Luz María García (elavefenix1111@gmail.com)
ENVIADO: 30 de mayo de 2017, 09:06 pm
PARA: Pablo Miranda
ASUNTO: El tren...

Leí tu correo y cerré la computadora. No tenía deseos de contestarte. No mencionas nada con respecto al enterarte que Luz María tiene un hijo, que se llama igual que tú y que vive a unas cuantas horas de ti.

Tu interés por ella solamente es con relación a ti, no a ella misma ¿te has dado cuenta?

No te importó ahondar en la experiencia de madre que ella tuvo ni saber si ha viajado a España o no.

Una de las ocasiones en que pudimos visitarlo fue en marzo de 2004, al año de irse a vivir a Barcelona tras recibir su título. Parecía que solo esperaba entregárselo a su mamá para obtener su "libertad" y volar a la aventura de su propia vida.

Llegamos a Madrid el 10 de marzo y de inmediato tomamos el tren, Luz María no quería pasar ni una noche en Madrid, por temor a encontrarte por ahí, como en una de esas casualidades mágicas o trágicas del destino. Solo hicimos una parada para comer algo antes de irnos a la estación. Paramos en un bar de tapas y en un momento de silencio brotó, desde el fondo del bar, la armoniosa voz de Mercedes Sosa cantando "Un vestido y un amor", e inevitablemente nuestros ojos se nublaron al escuchar justo ahí, justo ese día y justo esos versos que Fito Paéz le escribió a la actriz Cecilia Roth, de quien se enamoró estando casada y tiempo después, se reencontraron en un momento en que ambos habían roto sus respectivos compromisos y se consumó su historia de amor... imposible no volver a pensar en ti como cada vez que los escuchamos:

Te vi, juntabas margaritas del mantel, ya sé que trate bastante mal,
no sé si eras un ángel o un rubí... o simplemente te vi.
Te vi, saliste entre la gente a saludar, los astros se rieron otra vez... la
llave de mandala se quebró... o simplemente te vi.
Todo lo que diga está de más, las luces siempre encienden en el alma,
y cuando me pierdo en la ciudad... tú ya sabes comprender, es solo un
rato nomás, ¿tendría que llorar o salir a matar?
Te vi, te vi, te vi... yo no buscaba a nadie y te vi.
Te vi, fumabas unos chinos en Madrid, hay cosas que te ayudan a
vivir, no hacías otra cosa que escribir, yo simplemente te vi...
Me fui, me voy de vez en cuando a algún lugar, ya sé, no te hace gra-
cia este país, tenías un vestido y un amor... yo simplemente te vi.

Despertamos en tierras catalanas con la noticia del atentado en la estación de Atocha. Pensamos nuevamente en sí estarías bien y en cuanto se publicaron las listas de las víctimas las revisó con angustia, intentando que Pablito no se percatara de ello. Las cifras eran alarmantes, casi 200 muertos y más de 2000 heridos.

La sensación de haber estado un día antes cerca del lugar donde se registró el atentado terrorista más terrible en la historia de España nos helaba la sangre. Sentíamos como si hubiéramos vuelto a nacer o el universo nos enviaba un mensaje contundente.

Respecto al libro que mencionas, Luz María me compartió ese momento, pero lo había olvidado, como decidimos, tuvimos, quisimos... olvidarnos de todo lo que quedó sepultado en el temblor del 85.

Aquí es de noche, mañana tendremos que madrugar para ir al hospital porque ella tiene que hacerse unos estudios y asistir a una consulta, ahora toca ir al Hospital General, hay que llegar temprano porque vas pasando de acuerdo con el momento en que entregues tu carnet a una enfermera desmañanada y malhumorada.

Esas son experiencias que duran horas y las largas esperas entre tanta gente con problemas de visión drena mucho la energía. Como desde niña, a Luz María le duele mucho el dolor ajeno, a veces más que el propio.

Saludos, solo saludos, ni siquiera cordiales...

Intrus@

P.S. Como símbolo de buena fe, te mando adjunta la segunda carta que le escribiste a Luz María.

México. D.F. 8 de
Septiembr de 1976

Luz Maria.

Gracias por contestarme mi carta.
Pensé que no lo harias y me dio gusto
que me la dieras

A mi me gusta mucho la poesia
de Gabriela Mistral que habla
de servir, ya hasta me la aprendi.
Me gustaria mucho participar en el
concurso de poesia y de declamación,
nosé si se pueda participar en los dos.
¿Tú tambien va a participar?
Me da emoción escribirte y poder
compartirte cosas asi, ya que en el
salón siento que nos observan mucho
y me da algo de pena.
Mi poeta favorito hasta ahorita es
Mario Benedetti, y ya me aprendi de
memoria su poema "Te quiero". Tambien
me sé "A Gloria" de Salvador Garcia
Mirón ¿la conoces?.
Ya vi que estás contestando el "chismografo"
de Ernesto y quero contestarlo tambien
ya leer tus respuestas.   Pablo (Yo) ☺

59

FROM: Pablo Miranda (alicanto08@yahoo.com)
SENT: 02 de junio, 21:05 hrs.
TO: Luz María García
SUBJECT: Sueño sus ojos

Intrus@

A mí me ha pasado lo contrario, sobre tu sentir al leer el correo, —donde noto gran molestia de tu parte—, yo no puedo ver y sentir todo lo que me expresas. Entenderás que nuestros mundos son por destino o por decisión propia, completamente diferentes. Yo recuerdo a Luz María desde la nostalgia. Y me enfado tanto con ella, como conmigo. El destino ha sido desalmado con ambos.

Para mí, el hecho de que haya decidido tomar un avión y venir a España, muchos años después por la razón que sea, inevitablemente me produce gran pesadumbre y de inmediato regreso a esos días de gran dolencia.

En esos años yo vivía a escasos 10 minutos de la estación de Atocha y era mi paso diario para llegar a la Universidad Complutense. Aquella mañana al irme acercando en mi auto, vi el humo desde lejos. Escasos dos minutos escuché la explosión que retumbó los cristales del vehículo. Casi enseguida percibí un fuerte olor a gas.

Sin pensarlo estacioné mi auto en la calle de Alfonso XII... corrí sin parar a la estación para ver lo que había sucedido. Recuerdo haber mirado el reloj, 7:51 de la mañana... 14 minutos habían transcurrido después de la explosión cuando llegué.

Miré alrededor y... ¡joder! era un escenario atroz, una zona de guerra, nada contado en ninguna película.

Los cuerpos fueron escupidos y estrellados en el suelo sin misericordia alguna. Había cuerpos destrozados. La muerte para ellos llegó de la peor manera, la más violenta, la más feroz e inhumana. No sé cuánto tiempo estuve en shock, muchas otras personas como yo se acercaron para poder ayudar, pero solamente nos mirábamos unos a otros.

Las sirenas de las ambulancias fue lo que nos hizo reaccionar. Los sobrevivientes como podían iban saliendo de los vagones caminando como entes entre el humo, el olor a quemado, a sangre y sobre todo a muerte. Lloraban sin saberlo. Muchos buscaban sus móviles con la intención de avisar a sus familiares que estaban vivos.

Me pidieron que me retirara de la zona, ya que sería de inmediato acordonada... de pronto escuchaba al ir caminando entre los despojos del tren, el repicar de los muchos teléfonos que se encontraban tirados al paso... eran seguramente de las muchas víctimas que fallecieron y que jamás sus dueños los volverían a contestar, jamás escucharían la voz de su madre, su esposa, su hijo, su amante...

Así que tú, no me vas a venir a decir a mí lo que se siente rumiar la muerte por días.

Yo sí, encontré los nombres de 3 alumnos míos en las listas de las víctimas. Uno de ellos era uruguayo, una viga lo atravesó, se desangró en minutos.

Las semanas siguientes vi el desconsuelo en los ojos de mis alumnos. No hubo alguno que se negara ir a dar sangre en el centro de donación instalado en un autobús en la Puerta del Sol. Disculpa que lo diga, pero qué egoísmo de su parte en no buscarme, eso hubiera aliviado tanto dolor que aún se acumula en mi alma.

Intrus@, los libros no se olvidan aun cuando sean enterrados por los escombros de la distracción y el tedio. Mejor se honest@ y di que para mí simbolizó un vínculo que creí perdurable y que para ella no significó absolutamente nada...nada.

Lamento de una manera que no imaginas el estado de salud de Luz María, me acongoja sentirme tan lejos de ella, saber que si en este momento tomo un vuelo a México mi presencia le pueda causar un daño físico mayor y peor aún, una turbación emocional.

Muchas noches la persigo en mis pensamientos, ahí la tomo del brazo y siento la fragilidad de su cuerpo... también, me mira de manera dulce... imagino su cabello cano y ondulado... sueño sus ojos.

P.D. Desde que supe de que su hijo vivía en España comencé a buscarle...

Mando la carta de ella, cumpliendo mi palabra.

Pablo Miranda...

Viernes 10 de
Septiembre de 1976

Pablo,

Que gusto saber que te gusta la poesía. Yo no he visto mucha
atención al concurso. Los exámenes de química y matemáticas
me han quitado mucho tiempo. Mi mamá me ha condicionado
todos los permisos, tengo que aprobarlos y las materias me
cuestan mucho trabajo. Y tú, ¿eres hábil o si te gustan
esas dos materias?

Aunque te tengo que confesar que en las noches
cuando todos están dormidos leo un poquito en voz
alta. Me gusta mucho este?

Rosa divina que en gentil cultura
eres, con tu fragante sutileza,
magisterio purpúreo en la belleza,
enseñanza nevada a la hermosura

¡Adivina quién la escribió!

Me voy... tengo mucho que estudiar

Luz María

DE: Luz María (elavefenix1111@gmail.com)
ENVIADO: 18 de junio 2017 05:03 pm
PARA: Pablo Miranda
ASUNTO: RE Sueño sus ojos

Han sido semanas muy difíciles por las citas con los médicos y los exámenes, entre cardiología y oftalmología. El corazón y la vista de Luz María estaban mejorando y tuvo una recaída. Ella ya sabe que reapareciste. Se enteró por casualidad, fue un descuido mío.

Entró en su correo a revisar el envío de unos resultados mientras yo estaba fuera. Solo medio leyó el último e-mail, lo que su vista deteriorada le permitió. Todavía no puede usar anteojos por prescripción médica. Los correos electrónicos anteriores he tenido el cuidado de guardarlos en una carpeta oculta.

No quiere hablar del tema. Le preocupó mucho leer que tienes conocimiento de Pablito. Solo me dijo, sigue siendo igual de egoísta, ¿verdad?... Infiero que eso lo sintió por tu reclamo de que no te buscamos cuando fue el atentado de Atocha.
"Sigue siendo igual de egoísta" me estallan sus palabras con una mezcla de melancolía y de tristeza.

Quizá ella esperaba que todo lo que leemos de ti en la prensa y en Internet fuera mentira y que en realidad hubiera un Pablo más humano y humilde, como aquel adolescente que desertó del concurso intercolegial de poesía para que Luz María tuviera el camino libre y no compitieran entre ustedes.

Sí, eso lo supo ella siempre, aunque tu fingiste estar enfermo para no presentarte en la final en que ella arrasó con los aplausos del público y, sobre todo, lo más importante para ella, el reconocimiento de sus padres que siempre se lo negaron.

No hubiera querido que ese e-mail fuera el reencuentro entre Luz María y tú, pero así ocurrió. Espero que estos días mejore su salud y tenga el ánimo de hablar de esta situación y leerle tus emails.

Otro domingo gris en que todos celebran el día del padre.

Intrus@

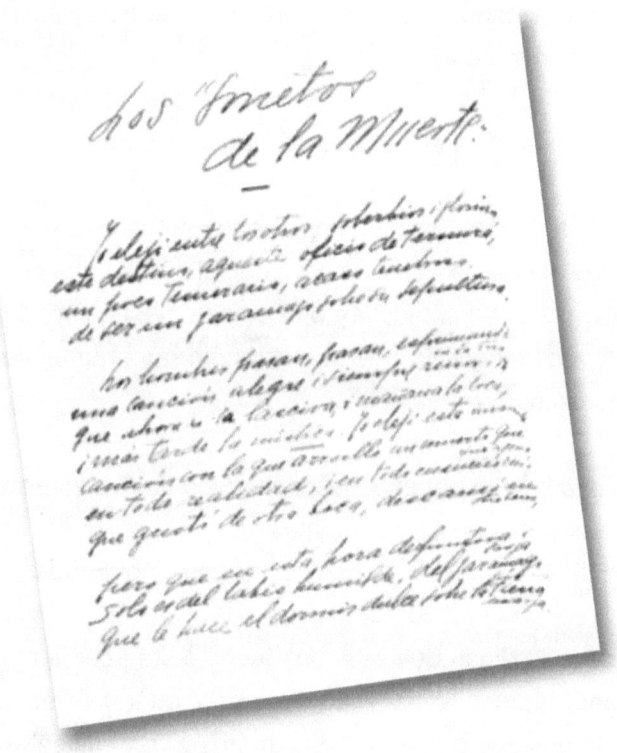

FROM: Pablo Miranda (alicanto08@yahoo.com)
SENT: 19 de junio 2017 1:01 horas
TO: Luz María García
SUBJECT: Llámale como quieras…

Te respondo casi de inmediato… si bien dices conocerme a través de los ojos de Luz María, bien sabrás que si me he tomado tanto tiempo en tener esta comunicación contigo, es solamente para de la manera que sea, pueda estar cerca de ella.

He pensado tantas cosas en estos días donde has estado ausente y una de ellas es que es momento de tener contacto directo ya con Luz María, no sé cómo puedas tomar lo que te comento, pero sin importar su estado de salud tan frágil, de manera paulatina podemos ir escribiéndonos.

Lo siento, pero es a ella a quien deseo escribirle.

Si es que me dice egoísta, si es que le da miedo y le inquieta que me pueda acercar a su hijo, quiero que ella lo escriba con el mismo coraje, tristeza, felicidad, llanto que hace muchos años me expresaba. A veces, decir lo que sentimos sin remordimiento de nada, nos hace sanar.

La realidad es que por muy desconcertado que yo esté con ella… te puedo asegurar que es mucho más grande el amor, cariño… llámale como quieras… que todo lo que no hicimos o no dijimos.

Quiero que le digas que esta búsqueda, este acercamiento no es para tener la conciencia tranquila o para querer cambiar lo que a ella no le gustaba de mí… es algo más fuerte y ella sabe a qué me refiero.

Sí, ella tiene toda la razón, soy un ser humano egoísta, pero jamás he querido lastimarla... Claro está, que ella tomó la decisión correcta de cerrar, olvidar, enterrar lo que fuimos... no sé siquiera que nombre ponerle...

Me acongoja mucho su estado de salud, pero me preocupa más su fragilidad emocional. Las personas como ella deben sostenerse fuerte de la vida, de lo que más les apasiona o de alguien... y tengo la certeza que, aunque no me guste reconocerlo tú eres una columna donde se aferra para no desplomarse, para no perder la lucidez.

Necesito sí, de ti. Saber que se entreteje en su mente porque pareciera que lo que expreso la aleja más de mí, más que cuando no estaba y a lo mejor suponía que la había olvidado. Eso es imposible, no se puede olvidar su voz penetrante, su magia.

He tomado la determinación de que, si ella no aceptara escribirme, sin importar el miedo que habita en mí, ese que tú percibes por no tener todo bajo mi control, viajaré a México para verla. No es una advertencia, mucho menos una amenaza... es la desesperación que no me permite seguir escuchando su voz a través de la palabra.

Pablo Miranda

DE: Luz María García (elavefenix1111@gmail.com)
PARA: 30 de junio 2017, 3:20 pm
ENVIADO: Pablo Miranda
ASUNTO: Soy yo

Querido Pablo,

Quien ahora te responde soy yo, Luz María. Necesito ayuda para escribir porque, como ya supiste, no puedo fijar mucho la vista. Así que abusando del amor y confianza de quien llamas intrus@, le dicto estas palabras que estoy segura, sentirás mías.

Me han leído todos tus correos electrónicos y he pasado por un abanico de emociones como podrás imaginarte. Afortunadamente mi corazón ha mejorado en estos últimos días gracias a una nueva medicina que me recetaron y a un médico maravilloso que conocí cuando estudiante y ahora nos reencontramos, es director de Cardiología en el Hospital General.

He seguido tu carrera con detenimiento y he leído todas tus obras más de una vez ¿y cómo no hacerlo si en tus libros descubro mis palabras y en las voces de tus personajes me escucho a mí misma? Hay tanto de mí en tu escritura que sería difícil hacer la diferencia.

Compartimos tanto juntos, ahora me doy cuenta de que entre nosotros hubo una gran historia, solo que no sé si de amor o de rivalidad o una extraña mezcla de ambas.

En uno de tus correos reclamas que no te visitáramos en marzo del 2004 cuando fuimos a ver a Pablito a Barcelona y coincidió con esa gran tragedia, no solo para el pueblo español, sino para la humanidad completa.

¿Qué puedes saber tú de dolor e impotencia si no viviste el terremoto del 85? No sé si supiste que se derrumbó el edificio donde vivíamos y, que la colonia Roma fue de las más afectadas. Quisiera narrarte y compartirte lo terrible que fue ver como se convertían en polvo miles de historias de familias que perdían no solo su casa y sus cosas, que eso al final es material, sino a sus seres queridos. Había caos por todos lados, sirenas, gente enloquecida por la incertidumbre.

Habrás leído desde la comodidad de tu piso en Madrid, que el pueblo de México se volcó a las calles con muestras de solidaridad, hermandad y compasión inauditas. Te lo escribo y se me nubla la vista y se hace un nudo en la garganta. Perdón, pero no puedo revivir tantos recuerdos que marcaron nuestras vidas y muy especialmente la mía.

Perdí todo lo que un ser humano podía perder, familiares, amigos, mi casa, mis cosas, mis recuerdos y mis sueños... todo, menos a mi hijo, aunque estuve a punto de perderlo también, perdí casi todo, menos a ti, porque a ti ya no te tenía.

Y hablando de mi hijo, sí, claro que sé que deseas estar en contacto con Pablito... sé que lo buscaste para conocerlo recién que te enteraste de que era mi hijo. Él no sabe nada de nuestra historia. Ayer hablé con él y me contó que te verá. Le emociona el tema por la fama que has logrado.

Cuando nos despedimos esa mañana de julio de 1980 que te dije un tanto indiferente que iría con mis hermanas a comprar unas libretas la verdad es que toda la tarde lloré por tu partida sin que nadie se percatara de ello. No quería que me vieras totalmente devastada. Claro que nunca te lo mencioné para que no dejaras de perseguir tus ideales... ese gran sueño de estudiar en España, el cual siempre tenías presente.

Después vino tu silencio. No sabía nada de ti.

Por ahí debes tener la carta que te envíe después de navidad, la primera navidad sin ti en muchos años, con seis meses de silencio de tu parte. Un mutismo que me carcomía por dentro y que nunca externé, ni siquiera a mi gran confidente.

Debo confesarte que te agradezco el intercambio de nuestras cartas de adolescentes, es tan hermoso leer esa inocencia en nosotros y la caligrafía que teníamos, no importó el esfuerzo en la mirada para leerlas a cambio de la felicidad que me generaron.

Hay mucho que hablar entre nosotros, espero que mi salud me ayude a procesar las emociones que esto me ha generado y poder aclarar los temas que abrieron heridas y que por tantos años yo no he podido cerrar.

Pablo no tienes que ser tan dramático y tomar decisiones tan precipitadas cuando ves que no obtienes lo que crees que mereces. Aquí estoy, como dices, a través de la voz de la palabra...

Un tierno beso,
Luz María

FROM: Pablo Miranda (alicanto08@yahoo.com)
SENT: 30 de junio de 2017, 20:34 hrs.
TO: Luz María García
SUBJECT: Como me sé tú risa, tus ojos, tu luz...

Luz... Luz María,

Escucho tu voz tan clarito, aquí a mi lado... como siempre me ocurría cuando recibía una carta tuya. Ocho días era lo que tenía que esperar para ver en el buzón de la entrada donde vivía, el pequeño sobre que yo sabía que tú hacías con papel ilustración de color azul intenso; una costumbre que desde que te conocí tenías.

A veces sentía que me querías contar todo lo que te ocurría... ahora me doy cuenta de que no fue así. Pero claro está que no es momento de cuestionarte nada, no tengo derecho alguno de hacerlo.

Por otro lado, noto un dejo de reclamo cuando dices que al leerme no distingues de alguna manera si son mis palabras a las tuyas, no sé qué responderte. De inmediato podría decirte que, aunque no quisiera siempre estabas presente... no importaba si otras personas estuvieran conmigo. Eras tú la que traspasaba cada una de mis palabras.

Muchas veces en las noches cuando el insomnio se apoderaba del espacio nocturno, hubiera querido que estuvieras a mi lado. Imaginaba tu cara de enojo por despertarte, para compartirte la palabra que hacía falta, el final perfecto... pero no estabas... al paso de los años pienso, si así lo quisimos los dos, de manera inconsciente.

Para mí siempre estuvo abierto mi espacio para recibirte... si seguías cada paso de mi carrera, eso me da a entender que siempre estuve presente, ¿por qué con la misma entereza que tuviste para romper de alguna manera la distancia entre los dos, y comenzaste a escribirme, no decidiste viajar a España?, ¿sin importarte nada?

Hay partes de tu vida que me da miedo preguntar por ellos porque los celos aun con el pasar de los años los sigo sintiendo... son absurdos, y sin derecho.

No, no quiero que te molestes, ni que digas nada... entiéndeme, soy un torbellino de ideas. Ahora me cuestiono si todo lo que conseguí en España valió la pena, pues hoy solamente encuentro reclamo en lo que me expresas. No, no es la edad que podría llegar a pesar más, ni la melancolía... es el tiempo que me recuerda cada mañana que fui el hombre más cobarde y egoísta.

Cada vez que recibía un premio de poesía, iniciaba leyendo el poema que escribimos tú y yo cuando casi acabábamos la preparatoria y que fue al principio parte de un juego.

Es el único que se repite en los 3 libros, el único donde al final viene tu nombre junto al mío y el año en que lo hicimos.

Estoy seguro de que lo recuerdas, porque lo escribiste dos veces, con la letra manuscrita en hojas de tu cuaderno... yo me lo sé de memoria, como me sé tú risa, tus ojos, pesar del tiempo y la enfermedad.

P.D. no quiero que te angusties por el tema de tu hijo, no mencionaré nada...

Un beso eterno por supuesto para ti,

Pablo Miranda

DE: Luz María García (elavefenix1111@gmail.com)
ENVIADO: 01 de julio de 2017, 11:59 am
PARA: Pablo Miranda
ASUNTO: ...

Querido Pablo,

Qué maravilla es esto del internet ¿no? puedo contestar tu correo casi de inmediato. Ahora veo que los jóvenes usan más su celular para estar en comunicación, pero si usar el correo electrónico me resultó difícil porque me resistía, no pienso ponerme a escribir "cartas" en un teléfono.

Aun cuando escribía las cartas en mi máquina mecánica extrañaba hacerlas a mano. Para mí cada carta es una obra de arte. Sigo obsesionada con el papel ilustración de color azul intenso, aunque cada vez es más escaso en las papelerías.

¿Por qué hemos abandonado el arte de escribir a mano? Para mí era un placer indescriptible que fue mermando cuando llegaron las máquinas de escribir, aunque estas conservaban también, su encanto al saber que no podías, no debías equivocarte porque tendrías que iniciar de nuevo la página o borrar dejando una horrible marca en tu papel.

¡Recuerdo a los compañeros odiando hacer trabajos a máquina! Cuando algún profesor decía la frase aterradora para ellos "para mañana un resumen de cinco cuartillas a máquina y a doble espacio" todos sufrían, menos tú y yo.

Siempre ha sido un placer intentar plasmar en palabras, frases y párrafos la vorágine de emociones que se agolpan en el pecho y encuentran salida a través de la escritura.

Ahora con la computadora es otra historia, observo a mis alumnos sin esa emoción y reto de escribir. Me tardé en aceptar el uso indiscriminado de lo que ellos llaman el "copy & paste".

Ya sé lo que estás pensando, que soy una anticuada y lo acepto, ¡soy de esa especie en peligro de extinción que se niega a leer libros digitales!

Yo necesito palpar el libro, observarlo, olerlo, sentirlo vivo y en complicidad conmigo, con su lectora. Bueno, necesitaba, porque ahora la vida me ha quitado uno de mis pocos placeres ocultos. Ojalá que Dios se apiade de mí y devuelva la fuerza a mis ojos para seguir descubriendo mundos fantásticos a través de mis libros.

Han intentado consolarme con audio libros, pero no es lo mismo. Termino desesperándome de escuchar tonos ajenos a los míos en frases que me parecen memorables.

Cómo olvidar tantos y tantos poemas que escribimos juntos, y tantos y tantos poemas que me leías y yo te ayudaba a darles musicalidad… "tienes un don especial mi Luz, como tu bello nombre, iluminas mi escritura" me lo escribiste en una dedicatoria del libro "Demian" de Hermann Hesse después de que yo te regalé "Siddartha" y con el conociste la obra de uno de tus autores favoritos.

Sí, he leído ese poema que has repetido en tus libros y en el cual has puesto mi nombre, bueno mi seudónimo, porque mi nombre lo has ocultado.

Con el temblor del 85 se perdieron muchos de mis escritos, solo se salvaron unas cartas que estaban en una cajita de Olinalá que me regalaste y las tenía Leonora, quien me pidió leerlas.

Llevo muchos años con una tristeza profunda mezclada con un amor perenne que me empujó a cortar comunicación contigo después del terremoto. Queriendo saber de ti, pero sin que tú supieras de mí. Anhelando mirarte de frente para aclarar muchos temas pendientes. Pero lo que me sigue quemando por dentro es la duda que quiero preguntarte, con el corazón en la mano y mis ojos cansados inundados de lágrimas:

¿Por qué me plagiaste Pablo?

Luz María

FROM: Pablo Miranda (alicanto08@yahoo.com)
SENT: 03 de julio 2017
TO: Luz María García
SUBJECT: "La Virgen está de mal humor, no quiere ser la madre de Dios"

Luz...

Las palabras que me escribes en tu correo han estallado en mis ojos, me han golpeado de un modo que no te puedes imaginar.

Escucho tu voz de una manera profunda y clara. Ya no disimulas con nada tu sentir y dejas al descubierto sin ningún remordimiento todo lo que durante años has guardado. He de decir que, aunque siento una gran pesadumbre de saber lo que opinas de mí, también sé que da la oportunidad de poder aclarar todo.

No puedo negar mi asombro también, cuando leo... no sé... qué tanta rebeldía guardas aun contigo, respecto a creer en Dios y pedir misericordia.

Ahí es donde te desconozco, más cuando sé que fuiste amiga de una mujer a la cual admirabas y que fue más tu modelo a seguir que cualquier mujer de tu familia, incluyendo a tu madre. Sí, hablo de Leonora Carrington, irreverente hasta la muerte.

De manera no sé qué tan consciente, todo lo que tuviese que ver con ella y al mismo tiempo contigo, trataba de mantenerlo cerca de mí, por mínimo que fuera.

Por eso, y por la proximidad que para mí representa un poco estar junto a México, con gran gusto fui a la presentación del libro de

Elena Poniatowska en diciembre del 2014. Ella y yo hacía varios años que no nos veíamos; pero al saber que estaría en Madrid, no dudé ni un minuto en asistir a la presentación de su libro Leonora. Qué gusto le dio verme, aun cuando se veía un tanto agripada.

Has de imaginar, cómo muchas personas esperaron que firmara su libro, yo como cualquier lector, hice lo mismo. Comencé a leerlo unos días después; un domingo con la intención de que no pesaran tanto las horas. De manera inevitable vino tu rostro a mi mente cuando en alguna parte de las primeras páginas, leí un diálogo entre Leonora y Miss Penrose cuando sentada frente a La Anunciación de Simone Martini a bocajarro expresa: La Virgen está de mal humor, no quiere ser la madre de Dios, sonreí y pensé que, saliendo de tu boca, tal frase con esa voz nítida y clara, que recuerdo bien, hubieras provocado que más de una persona levantara la ceja.

Así, que cuando pides piedad de Dios, no te reconozco. Llámalo una banalidad. Pero en ningún momento es desviar la conversación sobre los muchos temas de los que hablas.

Aun cuando el mismo ritmo de trabajo que tengo tanto en el ámbito educativo como en el literario me ha orillado, por ejemplo, a calificar exámenes en línea; para temas más personales, me niego a perder el vínculo físico como con los libros al igual que tú. Por lo que la compra de un Kindle la he descartado por completo.

¿Te acuerdas cuánto disfrutábamos ir a las librerías de "libros de viejo"...? caminábamos mucho, desde la colonia Centro hasta la colonia Tabacalera, buscando en ellos, las dedicatorias que más nos gustaran. En ocasiones cuando teníamos dinero tomábamos el tranvía "Cerito" donde íbamos de la avenida Álvaro Obregón a la glorieta de Chilpancingo. Me dio mucha nostalgia cuando me enteré que a principios de los años noventa, dejó de circular.

Recuerdo que, en una ocasión, al hojear un libro de Oscar Wilde y si no mal recuerdo era "El Retrato de Dorian Gray", encontramos una dedicatoria fechada en 1890, donde había una promesa de que jamás llegaría el olvido, aunque pasaran los años, sin importar que hubiesen sido clandestinos. Firmaba Luis Ponce y era dedicado a David, sin su apellido, sin ninguna señal que pudiera delatarlos.

Sin decir nada, lo compraste. Retomaste el tema en la clase de literatura y tu trabajo fue el mejor de todos lo que te valió que te exentaran. Fue el año en que todos comenzaron a notar tu talento— profesores y amigos— la sensibilidad con que realizabas ensayos literarios y donde tus primeros cuentos fueron seleccionados para el periódico a nivel interescolar.

Siempre me pedias que yo participara y por eso trabajábamos juntos. Porque éramos los dos o ninguno, tú lo dijiste una tarde cuando escribíamos nuestros poemas y los leíamos después en voz alta. Fueron tardes donde te vi como absolutamente nadie en todos estos años te ha visto, ni lo hará nunca, eso solo me pertenece a mí y sí, con ello soy egoísta e irracional.

Cuando recibí la primera carta en España, fue exactamente un seis de enero de 1981. Recuerdo que la casera me miró con cierta risa que me sonrojó. No la abrí de inmediato, tenía miedo de que, en ella, me dijeras que no querías saber nada de mí. A fin de cuentas, yo no había tenido la valentía de escribirte. Y las emociones al igual que hoy se me agolparon, me tumbaron y al final me hicieron tener las ganas de hablarte, pero no eran horas apropiadas... así que me pasé horas ideando qué responderte. Para mí, tu carta era el volver a recobrarte y así sucedió, aunque por lo visto omitiste algo importante de tu vida...

¿Qué sucedió? ¿Por qué ocultarme la existencia de tu hijo? No he querido preguntar tanto de él, esperando que tú, lo vayas compartiendo.

No, no te plagié... tu voz y mi voz... yo podría decir lo mismo...

Siempre buscaba estando en la Feria del libro de Madrid, en las novedades de países latinoamericanos algún libro tuyo...

Sí hay algo que puedo odiar de ti... y es el no creerte capaz de ser mejor que cualquiera, te dejaste aplastar y no por mí, no sirvió de nada tu rebeldía.

Pablo Miranda

DE: Luz María García (elavefenix1111@gmail.com)
ENVIADO: 04 de julio 2017
PARA: Pablo Miranda
ASUNTO: RE: "La Virgen está de mal humor, no quiere ser la madre de Dios"

Ay, Pablo, qué dramática tu carta. ¿En qué momento he pedido piedad de Dios? ¿A qué Dios te refieres? Creo que estás confundido de persona. ¿Se te han revuelto las decenas de e-mails que recibes a diario de tus lectores y lectoras?

Desordenas todo como siempre, para en ese caos salir librado de tu responsabilidad. No debería sorprenderme. Tu eterna agresión pasiva combinada con victimización.

En 1984 cuando publicaste tu libro iniciamos la recopilación de materiales para demandar el plagio, teníamos todo listo y se perdió en el despacho del abogado De la Riva, que también se cayó con el temblor. Sí, el mismo Joaquín que estudió con nosotros en la preparatoria, y se convirtió en uno de los mejores abogados del país. Él me convenció de iniciar la demanda, no sé si por amor a mí o por venganza a ti.

Cuántos años entretejí mi profundo amor hacia ti con la rebeldía y empoderamiento que me contagiaba Leonora.

Cómo olvidar las mágicas horas contigo que se convertían en un desenfreno intelectual en la que participaban todos nuestros sentidos. Siempre tu talento e inteligencia me estremecían más que tus manos y labios recorriendo todo mi cuerpo. La mezcla de ambos era una bomba de placer que reventaba en el mejor orgasmo del mundo. Tú como nadie me provocabas que en cada encuentro mi piel se erizara.

Nunca te confesé que si hubo varios hombres en mi vida que me conocieron en la intimidad. Aunque siempre lo negué cuando llegabas a peguntarlo. Incluso fueron simultáneos. Lo que me hacía regresar a tu embrujo con más ansiedad.

No fui infiel. Nunca hubo compromiso real entre nosotros, ¿o me equivoco?

Qué amable que cada emisión de novedades literarias latinoamericanas en la Feria del libro que nombras, buscaras un libro mío. Seguramente para cerciorarte en tu más íntimo autoelogio que no podría aparecer algo que te superara. Ya te contaré en otro momento que ha sido de ese tema. Ahora sé que a quien llamas intrus@ ya te ha contado que siempre insistió en que yo publicara.

No sé por qué me han perseguido los Pablos. Mi abuelo, mi vecino, mi primera aventura y tú. Siempre rodeada de Pablos, igual que de los Leo. Y mira que mi signo no comulga en nada con los Leo, pero los atraigo. Cosas del destino.

¿Por qué no te mencioné nada del embarazo? Pues es muy sencillo, no quería que nada te detuviera a tus planes en Madrid, y si te quedabas que fuera por mí no por alguien que venía en camino y, sobre todo, no estoy segura de que fuera hijo tuyo.

Por eso me inquieta tu cercanía con mi hijo.

Con mucho amor, un amor de ave fénix.

Luz María

P.S. Gracias por enviarme la carta que te mandé en Navidad. Iré a ella en otro momento en que retome fuerzas. Ahora mi teclado esta empapado de mis lágrimas. Buscaré a ver si tengo algunas de esa época y te las mando.

Jueves 25 de diciembre de 1980

Pablo,

Sé que te parecerá muy extraño recibir una carta de mi parte. Primero creo que te causará sorpresa porque en el momento en que te fuiste no te pedí la dirección del domicilio donde vivirías. Pero lo cierto, es que tú tampoco me la proporcionaste y mira, que tuviste muchas oportunidades de poder dármela.

Pero no te escribo para reclamarte, creo que no tengo ningún motivo para hacerlo. Fuerzas fueron las que encontré en medio de la gran melancolía que me provocan las navidades.

¿Sabes?, vinieron mis primos de Guadalajara. Juana, la mayor de ellas, nos anunció en medio de la cena de navidad que después de un noviazgo de más de ocho años, contraería nupcias con... ni siquiera recuerdo el nombre del afortunado... en el mes de abril.

Ahora imagino lo qué hubieran hecho si les hubiese dado una noticia de ese tamaño...

Tendrías que haber visto a todas mis tías, a mi mamá y hermanas. Parecía que ellas también se iban a casar. Me sentí realmente extraña en medio de tanta "felicidad" ...

No tengo que contarte porque creo que lo imaginas, resulta que fuiste también tema de conversación. Pablito — imagina como te nombran, como cuando te conocieron mis papás— el hijo de los Miranda se fue a estudiar a España. Yo no sé cómo su mamá soporta su ausencia... yo no podría estar en paz, les decía mi mamá a mis tías.

Y tu nombre me retumbaba y quería en ese momento tocaras la puerta de mi casa, como en navidades pasadas con el pretexto de venir a saludar a mis papás y pudieras pedirles permiso para verme... sí, sentí tanto coraje, que deseé en ese momento tener el número de teléfono del departamento donde vivías y marcarte. Para decirte que a los dos la vida nos había cambiado, para que me contaras cualquier cosa y sentir un poquito de paz.

Pero también, imaginé que tú estarías muy asombrado por estar la primera navidad en completa libertad en un país al cual muchos de nuestros amigos en común hubiesen querido disfrutar.

Y que mi llamada pudo ser una verdadera incomodidad... si es que claro, hubiese encontrado... Ya no escuché más de lo que decían de ti.

Me sumí en una extraña burbuja negra, terminé de cenar y después de abrir el regalo que mi padre me obsequió, me disculpé para irme a dormir. Sí, quería dormir, porque ya era desmedida mi angustia.

Hoy que desperté me sentí mucho mejor y con la gran determinación de salir antes de que todos se levantaran para ir a tu casa y ver a Mónica tu hermana.

No éramos las grandes amigas, pero me quedaba claro, que no regresaría a casa sin tu dirección anotada en la libreta que llevaba conmigo.

Recuerdo la cara soñolienta de tu mamá cuando me abrió la puerta. Luz, feliz navidad, me dijo para disimular su sorpresa. No me acuerdo qué pretexto le inventé para que le llamara a tu hermana... con Mónica fui directa, necesito la dirección de tu hermano, le voy a escribir.

No dijo nada, me pidió que la esperara. Tardó escasos cinco minutos y me entregó una tarjeta con la dirección anotada en ella. Si te urge, mejor mándale un telegrama, llega de un día para otro. Pensé, un telegrama hubiera sido lo mejor hace unas semanas.

Hay decisiones donde solamente cuenta una sola voz.

Yo lo único que quiero ahora es escribirte como siempre, como cuando íbamos a la preparatoria, como si estuvieras cerquita de mí cuando nos sentábamos en la banqueta de tu casa a hablar. Ahí estábamos tan cómodos.

Tu mamá salía y te decía, Pablo invita a pasar a Luz María, no seas mal educado, pero ahí en ese espacio nos sentíamos felices, hasta que oscurecía y notabas mi ansiedad porque seguro me dirían algo en casa. Te acompaño para que no regreses sola. Queríamos que el camino fuera largo e interminable para seguir hablando de lo que fuese o a veces ni lo hacíamos, solo íbamos caminando lo más cerca uno del otro.

Pablo, te extraño, pero no del modo común, donde pueden pasar días y la ausencia hace que no vivas, que a veces no duermas.

Te extraño inevitablemente cuando no tengo la palabra correcta, cuando parecía que decías algo en serio y en realidad estabas bromeando, te extraño como cuando estudiábamos la preparatoria y yo esperaba ilusionada que en mi banca en la parte de abajo estuviera una nota tuya.

Extraño esa sensación de tranquilidad. Extraño esa emoción disimulada cuando me veías.

Ya fue suficiente, me siento tonta diciendo algo donde no encuentro tu voz y no sé si esta carta tenga una respuesta.

Si así lo prefirieras, no importa, yo hoy me siento feliz de haber podido decir tanto… aunque sí, quisiera ver tu rostro, que estoy segura no se inmutaría en lo más mínimo, y lo aseguro porque te conozco, porque sé de memoria cada uno de tus gestos.

Si es que decidieras contestar, cuéntame cómo es tu vida allá, cómo son las calles que pisas, cómo es tu departamento, si te gustan las clases que estás tomando.

Sé que oiré tu voz, espero tú escuches la mía, que te busca a todas horas.

Van mis pensamientos todos contigo...

Luz María

FROM: Pablo Miranda (alicanto08@yahoo.com)
SENT: 04 de julio 21:05 horas
TO: Luz María García
SUBJECT: La piel tiene memoria

Querida Luz María,

No te confundo con ningún lector, perfecto leí y percibí lo que comento... a decir verdad, me agrada más leer a esta Luz María. La que con la inteligencia que siempre he reconocido, hacia todo lo posible con sus miles de argumentos por tener la razón.

Bien te recuerdo en los debates que se organizaban en la preparatoria. Así que no me extraña en lo absoluto que, con todo y tu fragilidad mental y física, no la hayas perdido durante estos años.

Por supuesto, tampoco me toma de sorpresa que nombres a Joaquín, no lo tienes que hacer con tanta diplomacia y como si solamente hubieran sido amigos. Fue con él con quien te fuiste a Cuernavaca todo un fin de semana y donde no te importó inventar que viajarías con amigas de la escuela, a la casa de la abuela de una de ellas. No, no pienses que sentí celos... efectivamente a nuestra relación nunca le pusimos nombre, ni ninguna etiqueta.

Pero lo cierto, es que jamás por mí inventaste algo parecido, jamás te esforzaste en que pudiéramos pasar días juntos. Decías que te gustaba que lo nuestro tuviera un dejo de clandestinidad y de peligro. Y yo accedí a todo ello.

Noches mi querida Luz, no, jamás... ni una sola noche pasamos juntos, eran horas robadas a los horarios de la escuela... sin embargo, no puedo dejar de sentirme complacido cuando reconoces lo que éramos tú y yo cuando estábamos juntos... y en eso mi adorada Luz María, los años no lo han podido borrar.

La piel tiene memoria y estoy seguro, que al recordarlo lo constataste.

Jamás dejaste que te presentara como mi novia. Lo cual me hubiera encantado hacer en aquellas fiestas a donde me acompañabas...

Joaquín nunca entendió tu naturaleza. Después de ese viaje supuso que formalmente eran "novios", cuando se dio cuenta que a ti nada te ataba, no le quedó más que alejarse. Claro me queda, que no perdió la esperanza y encontró el momento de jugar al "mejor amigo". Perdona mi tono de burla, pero me extraña más que no te hayas dado cuenta de sus intenciones. ¿Y a todo esto, dónde está Joaquín ahora, ha insistido "con buena voluntad" de seguir asesorándote? ...

Nosotros no estábamos unidos solamente por el deseo, sino también, por el embrujo de nuestras voces, cuando yo te leía poesía fuera de mi autoría o de cualquier poeta... yo estaba cautivado con tu ingenioso trazo al narrar historias... todo ese universo donde se entretejían la palabra y la pasión es lo que hoy a pesar del tiempo, del enojo, de la rabia que podamos sentir nos tiene aquí, escribiéndonos... de nuevo...

Perdona que te lo diga, pero no creo en lo absoluto en tu sacrificio de no decirme nada sobre tu embarazo, para que yo siguiera mis sueños... no me digas eso, no uses argumentos fáciles que no van contigo. Se honesta y dime que más bien no sabías — y creo nunca lo has querido saber— a ciencia cierta quién es el papá de Pablo.

Lo cual yo no tendría nada que criticarte. Nuestra historia no fue ordinaria, ni estuvo encadenada a las buenas costumbres de cuando éramos jóvenes. Imagino con que miedo, pero al mismo tiempo sin perder tu valentía anunciaste tu embarazo...

Hay tantas cosas que tenemos que ir poniendo sobre la mesa... tanto amor que los dos lastimamos.

Luz María, lee bien lo siguiente con ese arrojo, furia y arrebato que aun conservas, retoma la demanda en contra mía, no haré nada para disuadirte. Porque a fin de cuentas, y aunque suene contradictorio, es la manera de volverte a recobrar.

Con amor... Pablo... tu Pablo.

DE: Luz María García [elavefenix1111@gmail.com]
ENVIADO: Jueves, 20 de julio de 2017 03:01 p.m.
PARA: Pablo Miranda
ASUNTO:

Pablo,

Por un momento pensé que reencontrarte sería parte de sanar tantas heridas y que quizá tu cercanía epistolar, esa que a ambos nos enamoraba, ayudaría en mi recuperación. Pero no, tu oferta de que retome la demanda en tu contra reaviva el dolor y la impotencia que dejaste. Nuevamente puede más tu orgullo que tu amor a mí, a nosotros, a nuestra historia, nuestros recuerdos.

Estos días de silencio en que pensaba ya no escribirte volví a internarme en el hospital, me hizo mal el coraje de leerte y la impotencia de no poder alejar tu recuerdo a pesar de los años y la distancia.

Después de una semana me dieron de alta para regresar a una realidad apabullante. Tuve que vender la escultura que me regaló Leonora, fue muy difícil desprenderme de algo tan valioso emocionalmente, pero era necesario para pagar muchas deudas que tenía.

Recordé cuando Leonora se despidió de mí después del temblor del 85 y se fue a vivir a Nueva York. Me regaló esa pieza que desde que entré a su casa y la vi me cautivó. La presencia de su talento en esa escultura y el reflejo de su personalidad me acompañaron y me dieron fuerza sobre todo los años que ella estuvo en Estados Unidos, cuando regresó a México no recuerdo si en 1991 o 1992, fue como sentir que regresaba una parte de mí. Fue tan significativo tener conmigo esa valiosísima pieza en momentos en que la tragedia de septiembre nos dejó sin nada.

Cuando le dije a Joaquín que me ayudara a vender la escultura, él se negó y me ofreció ayudarme económicamente, pero me resistí. Finalmente me ayudó a conseguir el cliente y se la llevó, él se encargó de pedir el certificado a la familia porque yo no quería verlos a la cara, me muero de la pena por tener que deshacerme de mi escultura.

Después, pude recuperarla gracias a Joaquín, fue casi mágico. Él me dijo que la había vendido muy bien a un coleccionista y me dio el dinero. En realidad, la conservó él y me la obsequió en mi siguiente cumpleaños.

Intrus@, como le llamas (y a mí me divierte que aún no sepas quién es), le avisó a Pablito que estaba de nuevo en el hospital, él no supo que estuve en terapia intensiva hace unos meses, yo se lo oculté. Entonces voló de urgencia a México al saberme tan grave.

Lamento que haya tenido que cancelar la cita contigo y por otro lado me alegro de que el destino haya impedido que se conocieran. Me molesta mucho que ahora muestres interés por mi hijo, un interés evidentemente manipulador que emana de tu ego.

Luz María

P.S. Leí la carta que te envíe en 1980 y encontré tu carta de respuesta... te la comparto para que recuerdes esos momentos.

Madrid, España, 6 de enero de 1981

Querida Luz María, mi Luz...

Despertar el día de los Reyes Magos y ver en mi buzón tu carta fue el mejor regalo que me podrían haber dado.

Hace tantos años que perdí la ilusión de dormir temprano para despertar y descubrir lo que me traían los reyes, que a veces no era lo que pedía y eso me frustraba un poco, pero que otras ocasiones era justamente lo que deseaba.

Gracias por esta alegría. Gracias por romper este silencio con tu manera contundente de hacerlo. Gracias por ser tan sincera y directa.

Te he extrañado mucho, pero mi ego no me dejaba escribirte. Me dolió que no te importara que me fuera de México, o al menos así lo sentí. Nunca intentaste detenerme. No intentaste persuadirme de quedarme. No sugeriste seguirme.

Lloré mucho en el vuelo de México a Madrid, no le deseo a nadie tantas horas de angustia. Llegué a Madrid con un estado emocional muy peculiar, agridulce... mezcla de tristeza por lo que dejaba atrás con la ilusión de una nueva etapa en mi vida.

Estos meses han sido de contrastes, muchos contrastes. Me instalé en un piso (así les dicen aquí a los departamentos) en el barrio de Salamanca. Estoy muy cerca del parque El Retiro, lugar que se convirtió en uno de mis sitios favoritos. Ahí suelo ir casi todos los días a caminar y escribir.

Los días previos al inicio de clases en la Universidad, pasé horas y horas recorriendo calles y plazas de esta maravillosa ciudad. Rincones emblemáticos que conocía solo en la literatura o en las películas.

Ha sido fascinante esta inmersión en una nueva ciudad y en cada paso pensaba que me hubiera gustado recorrerlas contigo.

Mis compañeros me dicen el "mexicano melancólico" y tienen razón.

También, pensé mucho en ti en navidad, ese día nos reunimos los que llegamos a la universidad desde otros países, somos un grupo multiétnico y eso es muy enriquecedor en las conversaciones y los puntos de vista sobre el mundo y sobre la historia. Cada uno tenemos una visión de los hechos y todas son válidas. Siento que será una gran experiencia vivir y estudiar fuera de México y habrá que sobreponerse a lo que llaman el "home sick" que a todos nos da al extrañar súbitamente nuestra casa, nuestra gente, nuestro arraigo.

Me va muy bien en mis clases, tengo la fortuna de estudiar con grandes maestros y he establecido buena relación con casi todos, aunque apenas vamos en el primer año.

Uno de mis maestros trabaja en la Residencia de Estudiantes que fue el primer centro cultural de España creado en 1910 y nos invitó a conocerla. Es un sitio fascinante por la importancia que tiene en el fomento de la creación e intercambio de ideas no solo en España sino con toda Europa.

Ahí estudiaron nada más y nada menos que ¡Federico García Lorca, Salvador Dalí y Luis Buñuel! Imagínate estar en los salones, pasillos y conocer las habitaciones que de jóvenes recorrían tres artistas que tú sabes que admiro mucho.

Desde que mi maestro nos llevó, acudo lo más posible a conferencias y presentaciones de libros y vuelvo a recorrer sus espacios tratando de imaginar las conversaciones entre Federico y Salvador ¿se habrán imaginado que llegarían a ser tan famosos?

Me hace recordar nuestras largas charlas en la preparatoria donde tú y yo hemos soñado con ser escritores reconocidos.

He pensado escribir algo sobre ese tema, quizá un cuento y a lo mejor de ahí se desprende una novela.

Me hace falta tu retroalimentación en lo que escribo.

Me gustaría compartirte mis textos y que me dieras tu opinión y así retomar nuestro secreto pacto de escribirnos cartas.

Con mucho cariño, el de siempre.

Pablo

FROM: Pablo Miranda [alicanto08@yahoo.com]
SENT: sábado, 22 de julio, 23:01 horas
TO: Luz María García
SUBJECT: Debajo de los ojos de la bruja

Querida Luz María,

Me inunda la tristeza que sientes. Lamento mucho los grandes malestares físicos con los que hoy vives. Durante todo este tiempo en que hemos mantenido esta comunicación epistolar, extraña para los dos, no te había notado tan endeble. Siento tus palabras perdidas en los recuerdos, en los más desconsolados, los que en ocasiones no ayudan para abrir los ojos en las mañanas porque se apoderan de nosotros.

Así me llega a ocurrir. Sin importar que intento tomar como salvavidas elementos comunes como tener siempre flores blancas en la mesa de lectura. Pero a veces, es imposible no hundirme en la tristeza, en la añoranza de los días en que reía sin parar. Pero esos recuerdos indudablemente me llevan a ti, entonces siento ahogarme en ellos porque no sé con quién compartirlos.

La soledad en ocasiones no es la mejor compañera, como siempre les digo a mis amigos cuando deciden vivir con alguien, cuánto los critico, pero también, al poco tiempo les tengo cierta envidia porque con la única persona que siempre quise compartir mi entorno fue contigo.

Todo esto te lo cuento, porque hace unos días recibí un mensaje de mi hermano y sin ningún preámbulo me anunció que pondría en venta el departamento de la Plaza Río de Janeiro. Sí, el de la Casa de las Brujas, que mi papá compró, remodeló y donde encontró muchas veces refugio para despejarse un poco del aire familiar. También lo rentaba por temporadas cortas a personas extranjeras con contratos de un máximo de 30 días.

Pablo, es mejor venderlo. Como siempre mantuvo las características de los años sesenta y con la pequeña cocina de los años treinta, más todos los detalles en madera, sé que será una suma importante la que obtendremos. La podemos dividir entre los tres. Espero tu respuesta.

Te lo cuento porque de inmediato recordarás lo que significó para ti y para mí ese lugar.

Lo conociste en nuestro último año de preparatoria, un viernes saliendo de clases. Tomé la llave del cajón donde mi padre la guardaba. Sabía que no se daría cuenta pues por lo general llegaba tarde. Así que no existiría sospecha alguna de que yo estaría ahí.

Yo no te había dicho a dónde iríamos y sé que para ti sería una gran sorpresa. Siempre que pasábamos por el edificio te atravesabas la calle para verlo desde otra perspectiva: Mira Pablo, el edificio si tiene ojos, pero yo creo que sufre porque sangra por todos lados, lo dice el color de sus muros... ¿cómo se verá el parque desde cualquier balconcito? Y así nos íbamos caminando y hablando del edificio — el más mágico para ti— y que te provocaba gran curiosidad, hasta que cualquier otra cosa te distraía en la calle, solo así, cambiabas la plática.

Yo no quería que pensaras que era un presumido y peor aún, un mentiroso, por eso preferí esperar y encontrar el momento para darte la sorpresa. ¿A dónde vamos Pablo?, odio que seas tan misterioso. Yo guardé silencio y te contestaba frases sueltas, noté que te comenzabas a molestar así que apresuré el paso.

Recuerdo que te tomé de la mano y aproveché el momento en que alguien salía del edificio para entrar. Escuché tu voz en un tono muy suave, qué hacemos aquí... pero nunca soltaste mi mano. Subiste conmigo las escaleras angostas del edificio.

Íbamos exactamente al departamento, debajo de los ojos de la bruja. Cuando abrí la puerta y comencé a explicarte que era propiedad de mi papá, me callaste dándome un beso. No querías escuchar mis explicaciones, deseabas disfrutar el momento. Me acuerdo cuánta risa te dio que el piso rechinara al caminar. Es como me lo imaginaba, como en las películas y comenzaste a dar vueltas. Yo te observaba y sabía que en ese momento te había hecho feliz.

Cuando te detuviste de inmediato fuiste a abrir la puerta de la pequeña terraza, te quedaste viendo el parque sin decirme nada. Nunca entendí, qué era exactamente lo que percibías, tampoco lo quisiste decir, pero no me importaba, no tenía que saber todo de ti para quererte.

Esa tarde sin que los dos dijéramos mucho, fue la primea vez que dejaste que los juegos en los que yo metía mi mano para acariciarte la espalda por debajo de tu blusa escolar llegaran a más; no hubo resistencia de tu parte de que esta vez la desabotonara por completo, tampoco de que te quitara la falda escolar. Simplemente decidiste que te despojara de toda la ropa y te recorriera sin que tus manos me detuvieran. Nunca imaginé descubrir a otra Luz María, diáfana, segura de lo que quería vivir y sobre todo sentir. Tu rostro sin culpa, sin reservas cuando vi como disfrutaste vivir un orgasmo... o varios.

Ese día escuchamos "Bohemian Rhapsody" de Queen una y otra vez sin saber que se convertiría no solo en la canción más famosa de Freddy Mercury sino en la melodía más escuchada del siglo xx. Desde entonces, imposible no asociar cada palabra y cada acorde contigo...

Is this the real life?
Is this just fantasy?
Caught in a landslide
No escape from reality
Open your eyes
Look up to the skies and see
I'm just a poor boy, I need no sympathy
Because I'm easy come, easy go
A little high, little low
Anyway the wind blows, doesn't really matter to me, to me
Mama, just killed a man
Put a gun against his head
Pulled my trigger, now he's dead
Mama, life had just begun
But now I've gone and thrown it all away
Mama, ooo
Didn't mean to make you cry
If I'm not back again this time tomorrow
Carry on, carry on, as if nothing really matters
Too late, my time has come
Sends shivers down my spine
Body's aching all the time
Goodbye everybody — I've got to go
Gotta leave you all behind and face the truth
Mama, ooo — (anyway the wind blows)
I don't want to die
I sometimes wish I'd never been born at all
I see a little silhouetto of a man
Scaramouch, scaramouch will you do the fandango
Thunderbolt and lightning — very very f rightening me
Gallileo, Gallileo,
Gallileo, Gallileo,
Gallileo Figaro — magnifico

But I'm just a poor boy and nobody loves me
He's just a poor boy from a poor family
Spare him his life from this monstrosity
Easy come easy go — will you let me go
Bismillah! No — we will not let you go — let him go
Bismillah! We will not let you go — let him go
Bismillah! We will not let you go — let me go
Will not let you go — let me go (never)
Never let you go — let me go
Never let me go — ooo
No, no, no, no, no, no, no
Oh mama mia, mama mia, mama mia let me go
Beelzebub has a devil put aside for me
For me
For me
So you think you can stone me and spit in my eye
So you think you can love me and leave me to die
Oh baby — can't do this to me baby
Just gotta get out — just gotta get right outta here
Ooh yeah, ooh yeah
Nothing really matters
Anyone can see
Nothing really matters — nothing really matters to me
Anyway the wind blows...

Con todo lo que te cuento, algo que es tuyo y mío, trato de distraer un poco tus recuerdos, esos los tristes que solamente nos arrastran a la melancolía.

Pero además, quiero decirte que antes de leer tu correo me había negado a la posibilidad de vender el departamento; ahora estoy seguro de ello. Quiero que no tomes lo que te voy a ofrecer como un acto que te ofenda: quiero comprarles a mis dos hermanos el departamento, para que tú vivas ahí.

No digas nada, deseo que lo pienses dejando tu orgullo a un lado.

No existe ningún juego oculto, tal vez es el deseo de no romper este vínculo de palabras escritas en un trozo de hoja que no toco, ni palpo, como aquellas donde nos escribíamos tanto y decíamos todo...

Sé que cuando vea a Pablito, cuando así suceda, encontraré respuestas... no sé si las que busco, no sé si duelan.

No dejes de responder, siempre espero tu voz en cada línea.

Pablo

DE: Luz María [mailto:elavefenix1111@gmail.com]
ENVIADO: sábado, 22 de julio de 2017 01:20 p.m.
PARA: Pablo Miranda
ASUNTO: RE: Debajo de los ojos de la bruja

Querido Pablo,

Qué felicidad leer en tu carta al Pablo de quien me enamoré perdidamente, mi primer amor...

Gracias por recordarme ese momento que estaba sepultado entre tanto dolor.

Recuerdo perfecto cuando abriste la ventana del balconcito y pude mirar la plaza y reafirmar que la belleza de ese sitio se opaca con la mala copia del David que no sé a quién se le ocurrió ponerlo ahí.

¿Recuerdas la casa vieja que estaba en una esquina completamente quemada y negándose a su ruina? ¡Pues la han remodelado y quedó hermosa! Dicen que es ahora de un político importante.

Hay tantas construcciones tan bellas en nuestra colonia que sobrevivieron al temblor. Tantas que se cayeron por culpa de los edificios "modernos" que no solo contaminaron visualmente la belleza de la zona, sino que además fueron cómplices de una gran destrucción.

Conocí a un escritor que llegó a México después de que te fuiste y también, estaba enamorado de ese edificio. Me lo presentó Leonora una tarde que contemplábamos la fuente en la Plaza Rio de

Janeiro. Él era colombiano y desde que llegó a México quiso vivir en el edificio de las brujas, un tanto por habitar en los espacios que dibujaron escritores como José Emilio Pacheco en su novela Morirás Lejos, donde el edificio era un refugio de nazis que escaparon a México. En nuestras pláticas no dejaba de nombrarlo como la monstruosidad roja, como lo apodó Carlos Fuentes en su novela La Cabeza de la Hidra... logró rentar un departamento a mediados de 1985.

Poco le duró el gusto, porque le tocó el temblor ahí dentro junto su esposa y su hijita. Aunque le costó trabajo salir por los daños que sufrió el edificio, pudo hacerlo, y mira, ahí continúa, estoico, con una gran dignidad y belleza enigmática después de estar a punto de derrumbarse.

Ya no volví a ver al escritor, solo coincidimos un par de días en un campamento en que llevábamos víveres a los damnificados, intentando ayudarnos a nosotros mismos, mezclando el apoyo y solidaridad con el vano rescate de nuestras propias cosas que también se perdieron.

Tengo muchos vacíos de esos días, pero me aferraba a los momentos de gran dicha que viví junto a ti, uno de ellos fue cuando llegaste con dos boletos para ir a ver al nuevo cine Bella Época, la película Las Noches de Cabiria de Federico Fellini, en una función especial. No olvido que me dijiste que pudiste ahorrar los 25 pesos de cada boleto. Nos sentimos tan mágicos los dos esa noche. Recuerdo que al igual que todo el público a finalizar la cinta nos levantamos a aplaudir.

Creo que mi memoria ha sido selectiva y los ha olvidado por el dolor que causaban y las eternas noches en vela, que provocaba su recuerdo. Me hiciste mucha falta esos días Pablo. También fue muy doloroso años después, perder a mi padre y ver cómo mi madre poco a poco se fue consumiendo por su ausencia.

No sé qué responder a tu propuesta del departamento. Por un lado, mi orgullo y dignidad se oponen rotundamente y por otra parte el encantamiento de ese edificio y lo que provoca en mí, me hacen ilusionarme con vivir ahí.

Te he de confesar que, a finales de septiembre de este año, se vence el contrato del departamento donde ahora vivimos y debemos cambiarnos porque el dueño ya nos lo pidió. Pero con mis dolencias y tanto ir y venir a los hospitales, ni tiempo hemos tenido de checar a donde cambiarnos. Solo he pensado que me gustaría quedarme en la zona, es mi espacio, mi colonia, mi lugar de secretos y sueños.

Ya no puedo disfrutar dejar de caminar por sus calles y seguir descubriendo detalles de belleza arquitectónica. Y sorprenderme con la llegada de más y más restaurantes de todo tipo, bares y mezcalerías, que, aunque al principio sentí que nos invadían después me fue agradando porque le dio un respiro de vida a nuestra amada colonia Roma.

¿Por qué me dices que retome mi demanda de plagio y después me haces esta propuesta tan tentadora? Sabes bien el cariño que le tengo a ese lugar en la casa de las brujas, y no solo porque fue mi primera vez con la persona que más he amado en mi vida, sino por todas las historias que ahí, a escondidas de tu papá y del mundo, nos construimos.

Un beso sin resistencia

Luz María

FROM: Pablo Miranda [alicanto08@yahoo.com]
SENT: lunes, 24 de julio de 2017 16:52 p.m.
TO: Luz María García
SUBJECT: Algo que te haga volar...

Querida Luz María,

Quise responderte casi de inmediato, pero preferí pensar bien las respuestas a tu pregunta final. Y no era por encontrar las palabras que les dieran la vuelta a tus cuestionamientos. Lo que ahora veo es un hilo delgado y transparente de donde se está sosteniendo nuestro reencuentro y por nada deseo romperlo...

Es cuando regresa a mí la presencia de intrus@, me da gusto ya no escuchar su voz sin color en las líneas de los anteriores correos, espero que no lo tomes a mal, pero en realidad nunca estuve acostumbrado a compartir nada con nadie cuando se trataba de ti.

Quiero decirte que para que la angustia y la incertidumbre no sean factores que mermen tu salud, tomé la decisión de ofrecerte el departamento de la casa de las brujas, nadie más que tú tienes el derecho de habitarlo, de disfrutarlo, es tuyo, es nuestro. Así que no hay más que esperar tu respuesta. De los pormenores me encargaré yo.

He pensado que, al estar habitando el lugar, recobrarás el gran amor hacia la escritura... nos quisimos tanto en ese lugar... y esto desemboca al tema de la demanda, que por razones ajenas no la pudiste concluir.... inevitablemente regresan conmigo las horas en que los dos escribíamos en aquel departamento.

Recuerdo que saltabas de la cama para tomar tu mochila y sacar de ella tu cuaderno, de donde arrancabas dos o tres hojas y me las dabas, crea algo que me asombre, decías. Yo haré algo semejante, pero que al mismo tiempo te haga volar. Al final intercambiábamos lo inventado con la promesa de leernos más tarde a solas.

Cuando yo lo hacía, tu voz emanaba de aquellas hojas escolares. Nuestra gran fascinación de leer poemas, pensamientos y sobre todo las cartas se negó a desaparecer. Durante mucho tiempo estuve molesto contigo porque muy pocas veces tomabas mis llamadas en mis primeros años de vivir en España, y cuando sucedía jamás fuiste tan efusiva como en las cartas que me escribías.

Con todo lo que te digo, percibo que nuestras voces se unieron tanto que se hicieron una sola y ya no nos distinguíamos al escribir. Por ello, he tomado la decisión de cederte los derechos de mis libros. He hablado con la editorial y he pedido que en las siguientes ediciones tu nombre aparezca primero que el mío, no tu seudónimo... si no Luz María García. Aquella mujer que un día al salir de la casa de las brujas, hizo que camináramos a la calle de Guanajuato, donde se encuentra la Plaza Luis Cabrera, para quedarse por un largo tiempo observando la enorme fuente, Luz María, qué tanto hacemos aquí viendo cómo suben y bajan los chorros de agua, y siempre me respondías con el pedacito de un poema, de tus más queridos y que te sabías de memoria:

"Tú no me conoces todavía bien... tú ignoras la profundidad de mi vínculo contigo. Dame tiempo, dámelo para hacerte un poco feliz. Tenme paciencia, espera a ver y a oír lo que tú eres para mí" ...
¿Lo recuerdas? Yo lo hago cuando cierro los ojos y tú apareces como siempre, sin permiso.

Nunca lejos de ti,
Pablo Miranda

DE: Luz María [avefenix@hotmail.com]
ENVIADO: martes, 25 de julio de 2017 05:25 a.m.
PARA: Pablo Miranda
ASUNTO: RE: Algo que te haga volar... y permanezca siempre en ti

Algo que te haga volar y permanezca siempre en ti, esa era la frase completa.

Leerte me hace viajar a esos momentos y algo dentro de mí se mueve. Siento una emoción en el estómago que acelera mi respiración y provoca que mi corazón se agite.

Me alegra recordar esos momentos y al mismo tiempo me duele profundamente. Sentir el paso del tiempo que como aplanadora ha dejado los años totalmente destrozados.

Se mezclan en mis pensamientos esos días en los que ambos soñábamos con un futuro promisorio, lleno de oportunidades, de un mundo por descubrir y conquistar.

Qué bueno que tú lo lograste Pablo, desde el corazón te digo que me hace muy feliz saberte realizado y no quiero que mi tristeza melancólica empañe esa felicidad.

No sé qué pensar. Me encuentro confundida. Si no hubiera sido por intrus@ a quien percibo que no quieres, pero a la vez sí, lo cual te produce ese lógico malestar, mi vida hubiera terminado hace mucho tiempo.

¿Por qué hasta ahora?

Me ofreces ese espacio, nuestro espacio, nuestro refugio para vivir. Justo cuando van a venderlo.

¿Por qué hasta ahora me ofreces publicar tus libros con mi crédito?

¿Sigue en el departamento el piano que tocábamos a cuatro manos? ¿Recuerdas cuando íbamos a las clases por las tardes con la maestra Lolita? ¿Supiste que también falleció en el temblor? Encontraron su cuerpo abrazada a su piano ocho días después. Se tenía esperanza de encontrarla viva porque de entre los escombros se escuchaban que tocaba el piano. Todos pensaban que era para hacer notar a los rescatistas que seguía viva... yo sentía que se estaba despidiendo de muchos de sus amigos y alumnos que íbamos a intentar ayudar a mover escombros o al menos a preguntar si había novedades.

Ahí estuve en la tarde del 23 de septiembre, donde dejó de sonar su piano y vimos como nuestra esperanza de verla viva se disolvió.

Lo escribo y me vuelvo a emocionar. No puedo evitar derramar mis lágrimas sobre el teclado de la computadora. Si aún te escribiera a mano como me encantaba hacerlo, podrías notar esas lágrimas diluyendo la tinta azul en el papel.

Ay, Pablo, ¿dónde nos perdimos? ,¿dónde te perdiste? ¿Por qué no te atreviste a decir lo que verdaderamente sentías antes de irte? ¿Por qué no he podido borrar tu recuerdo después de tantos años? ¿Por qué cada noche en la intimidad de mi habitación y sin importar quién me acompañe mis noches, llegan a mí los recuerdos de nuestras tardes en ese apartamento?

Éramos adolescentes y ahora somos viejos. ¿Qué sentido tiene todo esto? ¿Para qué nos seguimos haciendo daño desempolvando el pasado?

En algún momento quería pedirte tu número telefónico y llamarte. Pero no quise hacerlo, no quiero hacerlo. No quiero romper la magia que generamos con nuestro amor epistolar. Con nuestra pasión por comunicarnos mediante cartas, aunque nos viéramos cada día en la escuela.

Suena quizá absurdo, pero por más que intento que mis alumnos ejerzan el arte epistolar, no lo logró. Todo en ellos es una comunicación de inmediatez, todo es a través de sus teléfonos y mensajes.

¡Qué cursis somos! pero al menos, en medio de toda esta ilusión, tú pudiste construirte una historia, como siempre la soñaste, como siempre supimos que lo podrías hacer.

Necesito aterrizar las ideas, necesito poner todo en orden, debo entender que aun la vida sigue y que tengo derecho a vivirla y disfrutarla.

Estoy luchando por hacer a un lado esta enfermedad que me arroja a lo más profundo de mis depresiones, pero que con la fuerza que siempre me caracterizó me vuelvo a levantar. Si, como el ave fénix que da nombre a mi dirección de correo electrónico. Qué curioso que no lo hayas notado, algo me hubieras dicho.

Hay una escultura en el camellón de la Av. Álvaro Obregón que cuando la veo siempre me hace pensar en ti. No te diré cual es. Tendrás que averiguarlo.

Acepto mudarme a la casa de las brujas.

Te mando un beso envuelto en una sonrisa adolescente...

Luz María

FROM: Pablo Miranda (alicanto08@yahoo.com)
SENT: jueves 27 de julio, 18:28 hrs.
TO: Luz María
SUBJECT: Preludio

Queridísima Luz María,

Qué gusto el leer tu decisión de ir a vivir al departamento de la casa de las brujas. Mañana a primera hora hablaré con mis hermanos informándoles que adquiriré al cien por ciento el inmueble, de los demás trámites no tienes de que preocuparte. Pediré también, que revisen el tema del mantenimiento para que esté totalmente listo.

Está en ti, el decidir el momento en que desees habitarlo. Puedes decorarlo como tú quieras, lo único que está intacto es el piano, esperándote y que levantes de nuevo su tapa de madera de nogal, para que interpretes Preludio de Chopin. —mi favorita—

En este momento en que te escribo lo estoy escuchando y si cierro los ojos por instantes veo tus manos junto a las mías. Entonces recuerdo cómo por instantes me mirabas... y yo fingía que no me daba cuenta, disfrutaba tanto ser observado por ti...

Me preguntas porqué ahora te busco, y no años antes... con el paso del tiempo me convencí, de que yo no era alguien que te hiciera feliz. En algún momento intuí que no estabas sola y como imaginarás el egoísmo, el coraje me invadió y fue toda esta mezcla de sentimientos que me dieron las fuerzas de alejarme, de querer olvidarte.

Yo seré totalmente honesto contigo; a principios de 1988 después de una relación de poco más de un año, decidí compartir mi vida con Sara Marín, quien también es profesora.

La conocí por la obviedad de coincidir todos los días en las salas de maestros y en reuniones de amigos comunes. Estuvimos juntos tres años, un día decidió irse sin decir nada. La entiendo; ella tenía prisa por tener un hijo y cuando lo platicamos con apatía acepté.

Fueron tres embarazos que nunca llegaron al primer trimestre. Sé que lo que provocó que tomara la decisión de irse, fue mi indiferencia en su último legrado. Se dio cuenta que simplemente el deseo por un hijo solamente era de ella y no mío. Ahora nos vemos como amigos, algo que siempre debimos seguir siendo.

Después, no hubo nadie con quien me interesara compartir mi espacio. Contigo siempre estuve completo, eras una amorosa amante y una entrañable compañera con la cual reía tanto...

No, no te puedo contestar a tu pregunta sobre mi decisión de ceder parte de los créditos, no lo sé... lo que quiero es que tu corazón sea tan fuerte como antes... ese corazón que no estoy dispuesto a compartirlo con nadie.

Dices que somos cursis, puedes ponerle el título que desees, es lo que menos me importa, a ti también te debería de preocupar muy poco.

Alicanto es el nombre de mi correo, ave que solo se deja ver por las personas que él ama, la respuesta la tienes ya. Yo espero que tú, a pesar de los años, como el ave fénix, resurjas de tus propias cenizas...

¿Hablas de la escultura que está entre Orizaba y Jalapa, Amor y Sátiro?, ¿sigues creyendo que soy impredecible, caprichoso y poco fiable? Como describen a los sátiros.

He decidido abrir un buzón de cartas con mis alumnos de bachillerato, como parte de su trabajo final de la materia de literatura contemporánea. Deseo que nazca en ellos, el hábito de la escritura, el hechizo de expresarse por medio de redactar una carta, y que, si es preciso, se aferren como tú y yo a no perder esta hermosa manía.

Deberías estar aquí conmigo para organizarlo, quiénes mejor que nosotros dos, ¿no lo crees?

Te mando un archivo donde viene un contrato sobre el tema de los derechos de autor de los libros, aun estás a tiempo de decidir tu nombre con el que firmarás desde ahora.

Pídele a Intrus@ que te ayude.

Con deseo, Pablo

DE: Luz María [avefenix@hotmail.com]
ENVIADO: lunes, 31 de julio de 2017 09:10 a.m.
PARA: Pablo Miranda
ASUNTO: RE: Preludio

Pablo,

Luz María me pidió que te escribiera, la semana pasada tuvo que internarse para unos exámenes que le harán la próxima semana.

Aunque ella me ha tenido al tanto de lo que se escriben me pidió que leyera todos los e-mails anteriores, o cartas, como ella insiste en llamarles, para que le diera mi opinión.

Que curiosa coincidencia que al final de tu correo le sugieres lo mismo. ¿Por qué tú lo propones?

Hemos conversado justo ayer sobre todos los temas, principalmente en relación con la demanda y la invitación para que vivamos en tu departamento de la Plaza Río de Janeiro.

Yo le he sugerido que no acepte ninguna de tus propuestas, no tiene caso que ahora, de la nada la invites a firmar tus libros. El plagio que estamos sustentando no se refiere a tus próximos libros, es en relación a tus dos primeros libros, y, sobre todo, el segundo, por el cual te dieron un premio.

Joaquín coincide conmigo y me apoya en mi postura. Luz María esta indiferente. Creo que la emoción de volver a ver y tocar ese piano que le producía casi un orgasmo hacerle sonar, hace que minimice el tema jurídico.

No sé si lograremos convencerla, ya la conoces, no ha cambiado mucho en esa fuerza de voluntad para mantenerse firme en sus decisiones.

Me pidió que te externara que le gustaría cambiarse al departamento la última semana de septiembre o la primera de octubre. El espacio donde ahora rentamos se vence el contrato el 30 de septiembre, pero ella no quiere esperar hasta ese día para hacer la mudanza.

Le ayudaré a coordinar ese tema. Así que no estaré tan ausente como estás semanas anteriores. Nos gustaría que, además, de enviar la propuesta de contrato de los derechos de los libros, enviaras también la propuesta del departamento. ¿Qué figura jurídica operaría? ¿Sería una compraventa o una donación? Al recibirlo tendremos más elementos para convencer al abogado de desistirnos en la demanda.

Espero que no te incomode saber que tengo autorización de leer todas las cartas que ella escribe o recibe, es algo entre nosotros tan natural como lo es respirar. Además de que Luz María sigue sintiéndose más cómoda escribiendo cartas que hablando personalmente. De las llamadas por teléfono continúa odiándolas, no puede superar su conversación telefónica monosilábica de si, no, ajá, ok, bye.

Intrus@

FROM: Pablo Miranda (alicanto08@yahoo.com]
SENT: 01 de agosto 21:10 hrs.
TO: Luz María
SUBJECT: RE RE: Preludio

No esperaba que de nuevo aparecieras, pensé que Luz María tomaría el control de su correspondencia ... veo que no es así.

¿Qué sientes al leer fragmentos de la vida de otros, será que no tienes nada escrito, nada trascendente en tu vida y por ello te entrometes en las emociones de los otros, pensando por un momento que pudiste ser tú él o la protagonista de esta historia?

Me doy cuenta de que, al momento de ofrecerle el departamento de la casa de las brujas, tú también irás a vivir a el. Me he percatado también, de la gran dependencia que tiene Luz María de ti y tal hecho me provoca malestar.

Es cuando lamento el haberme alejado de una manera tan abrupta de su vida. Entiendo la posición de Joaquín, aún con el pasar de los años no ha dejado de pensar que Luz María lo verá de otra manera. Qué equivocado está, ¿él tampoco tiene vida propia como tú?

Iré respondiendo tus preguntas: el departamento será legalmente propiedad de Luz María.

Respecto al tema de los derechos, no hablo de libros próximos, sino también de todos los anteriores, incluyendo el libro del cual me otorgaron el premio que mencionas. En mis palabras no hay una doble intención. Creo que Joaquín y tú buscan entre cada línea algo que haga que Luz María dude de mí.

Te voy a sacar de tu gran equivocación, Luz María no actúa con indiferencia, ella ya decidió qué es lo que desea hacer. A ella no le gusta discutir, prefiere guardar silencio. Y lo sé tan bien, porque así actuó conmigo cuando decidió alejarse de mí de manera definitiva hace poco más de treinta años.

Querid@ intrus@, no solamente es el piano que está en el departamento, va más allá de eso… El lugar es un mundo alterno en el cual vivimos ella y yo, donde, aunque tú quieras interferir no puedes.

Antes de responderte este correo estuve a punto de comprar un boleto de avión para México, pero desistí al dame cuenta de que Luz no querría verme, y de manera infranqueable rompería el vínculo que hemos creado a través de la correspondencia.

En la parte inferior de este correo te mando el nombre del abogado que se pondrá en contacto con Luz para afinar los detalles legales. Joaquín puede revisar con él todo, si así lo desea.

Disculpa no decir más en este mensaje, en realidad no hay motivo para que tú y yo sigamos conversando.

Dile a Luz que estoy siempre cerca de ella, la pienso y la beso eternamente.

Pablo

Miguel Arizmendi
39435409
Abogado

DE: Luz María (avefenix@hotmail.com]
ENVIADO: miércoles, 2 de agosto de 2017, 05:25 a.m.
PARA: Pablo Miranda
ASUNTO: Protagonista

Querido Pablo,

No tienes que ser tan duro. ¿Por qué siempre te traicionas a ti mismo y te domina el ego? No cambias. Respondes reactivamente en lugar de intentar responder proactivamente.

Esa voz que consideras intrusa es protagonista en más capítulos de mi vida de lo que tú has protagonizado.

La ausencia genera distancia, la cercanía cariño.

Esa voz que tú consideras intrusa me acompaña siempre. Atestigua todos mis estados de ánimo e intenta en todo momento motivarme. No creo que exista nadie más que quiera tanto mi bienestar. Muchas discusiones hemos sostenido, créeme.

Me ha costado entender que todo mundo se puede ir de mi vida, menos intrus@. Al final de cualquier situación, siempre está con una mirada de reproche que reprueba mis decisiones, con una sonrisa motivadora o con una palabra de aliento o consuelo.

¡Tantos momentos en mi vida en que necesité eso mismo de tu parte!

Así que su vida es mi vida y viceversa.

Leo apenas lo que me compartes de tu vida amorosa, algo había leído en una entrevista hace tiempo. No me cuentes más de esas etapas. Dime si ahora eres feliz.

Gracias por los datos del abogado. Le pediré a Joaquín que le contacté y me diga que piensa.

¿Cuántas veces estuviste a punto de tomar un avión y venir a México? Hasta ahora solo sé que dos, cuando fue el temblor del 85 y hace unos días.

En ciertos momentos pienso, que debería pedirte tu número telefónico y llamarte, pero me aterra la posibilidad de que escuchemos nuestras voces tan ajenas a lo que recordamos de ellas. ¿Lo mismo pasaría al vernos en persona? Como sea, nos conocemos mejor leyéndonos. Creo que este amor que ambos tenemos a lo que en mis clases melancólicamente llamo la "cultura epistolar" fue lo que nos unió y nos mantuvo por muchos años conectados.

Yo te he visto en televisión y en fotos de la prensa y te confieso que me resultas un tanto ajeno, lo cual no ocurre al leerte, ¡sigues con tus mismas muletillas y lugares recurrentes!

Quizá no te das cuenta, pero me imagino que tus correctores de estilo te lo señalarán en tus libros y si no es así, entonces soy la única persona que al leerte lo descubre.
¡Te conozco tanto!

Quiero encauzar ahora mi energía en ser feliz. La lucha contra tantos malestares me ha debilitado, pero al mismo tiempo leerte me ha dado fuerza, la fuerza que siempre me imprime intrus@.

He dejado muchos temas pendientes y muy importantes para mí y que deseo compartir contigo. Hace algunos meses, varias de mis alumnas donde imparto clases de literatura a nivel preparatoria, se acercaron conmigo para contarme algo que ya no las dejaba vivir. Muchas de ellas se notaban muy aturdidas, sus rostros estaban completamente desencajados. De inmediato, supe que era una situación grave que las agobiaba demasiado. Dejé a un lado los exámenes que calificaba. Poco a poco cada una de ellas fue expresando la angustia que vivía. Regresé en varios momentos a mis años de juventud, al ver cómo sus lágrimas estaban llenas de pesadumbre, pero a la vez, de coraje, del que te da las fuerzas para que nadie se atreva a querer abusar de su poder, de las muchas maneras que existen las más bajas y ruines.

Poco a poco mis alumnas fueron contando horribles experiencias y diciendo el nombre de su agresor, todos ellos colegas míos ¿Te imaginas, para mí lo que representó saberlo? Cuando alguna de ellas sentía que se iba a derrumbar, encontraba el abrazo solidario de sus compañeras. Una acción verdaderamente sorprendente para mí, fue descubrir, que ninguna de ellas... ni yo... nos encontrábamos solas y que creíamos lo que estábamos escuchando.

Cuando terminaron de contar todo lo que habían estado viviendo por un largo tiempo, me confesaron que deseaban saber mi opinión. ¿Mi opinión?, tienen mi apoyo incondicional, les respondí. Y sin esperarlo, sin imaginarlo, nos abrazamos todas. De manera espontánea, les propuse tener varias reuniones para poder documentar todo lo que habían expresado.

De inmediato, me dijeron que no querían causarme problemas. Me reí mucho y les respondí que era momento de que yo también, contara mi historia sobre cómo yo viví algo muy similar a lo que ellas habían padecido, y que evidentemente, lo menos que tenía en ese momento era miedo a cualquier tipo de represalia.

¡Ay Pablo! mi estupefacción de ver cómo y de qué manera han sido acosadas, me tiene realmente indignada. Tenemos expedientes con sus testimonios detallados y estábamos ingresando todas las evidencias cuando de nuevo mi salud, se fue deteriorando, al grado de llevarme de nuevo al hospital. Pero ahora que voy recobrando la vitalidad, he decidido retomar algo tan importante. Ayer recibí la visita de todas mis alumnas y les dije que debíamos seguir, que no nos podíamos detener.

Imagino que debes estar un tanto extrañado de lo que acabas de leer, o no lo sé, pero con ello, quiero que sepas que tengo toda la intención de no apagar mi voz y que esta sea un apoyo para cualquier mujer que desee contar lo que le ha mermado su existencia. Te adjunto nuestros avances, nos han querido callar prometiendo que "tomarán cartas en el asunto" pero, no lo van a lograr. Estuvieron muy tranquilos en los meses que estuve enferma. Sé que cuando vean que he retomado el tema, no les parecerá bien.

Por otro lado, no te puedo negar la emoción que me produce mudarme al departamento de Rio de Janeiro, es más, ya empecé a empacar y a decidir que me llevaré y que regalaré. Cada mudanza de casa nos ayuda a mudar nuestra alma.

Mis ojos vuelven a brillar hoy con la misma luz que en algún momento te enamoró.

Un cariñoso beso envuelto en notas de un viejo piano.

Luz María
P.S. Ya se acerca tu cumpleaños. Te tengo una sorpresa.

FROM: Pablo Miranda [alicanto08@yahoo.com]
SENT: Jueves, 3 de agosto de 2017 11:12 hrs.
TO: Luz María
SUBJECT: Tanto y por mucho tiempo

Querida Luz,

Me ha sorprendido mucho lo que me has compartido. Sin embargo, no me extraña en nada que tus alumnas hayan decidido buscar tu apoyo. Siempre estuviste en contra las injusticias sociales y entiendo la empatía que tienes con tus alumnas. Aquí en España ha habido acciones muy importantes desde el 2015.

Hubo una manifestación impactante, promovida por el movimiento 7N, donde su principal objetivo fue dar visibilidad a la lucha en contra de la violencia machista. Muchas de mis alumnas y compañeras de trabajo participaron junto con las más de 300 organizaciones feministas, por supuesto, que amigos y colegas también nos unimos a tal manifestación, nos vestimos de color púrpura.

Varias de mis alumnas participaron en la representación de las mujeres que fueron asesinadas en el paseo del Prado momentos antes de iniciarse la manifestación. Hubo muchas consecuencias positivas, creo que esto abrió la brecha. Y me alegra mucho ver con qué arrojo y valor lo llevas a cabo con todas las chicas han sido violentadas y que se han acercado contigo.

Qué bien me hace escuchar tu voz a través de las palabras que escribes. El departamento de Río de Janeiro cuenta con tres habitaciones, así que Intrus@ tendrá su propio espacio, esperando que también —ojalá— tenga su propia vida.

La tercera habitación la puedes usar si así tú lo decides como tu estudio y para que también, puedas tener las reuniones con todas las mujeres que desean que otras mujeres no sufran ningún tipo de abuso. Sé que tienes la fuerza, para no dejar caer todo lo que puede llegar a ser, el comienzo de algo importante para derrocar el machismo y el abuso.

Hay varios detalles que te agradarán y que te permitirán poder plasmar tus ideas como a ti te gusta, por ello, encontrarás una caja de madera pequeña, en ella están varias libretas Moleskine, su cubierta es de piel color rojo y tienen grabadas tus iniciales.

Supongo que la costumbre de llevar siempre una libreta para anotar en cualquier momento lo que te viniera a la mente, no la has perdido. Sobre los detalles mayores, de esos te ocupas tú. Quiero que te sientas cómoda, que la vida vuelva a ti, que te tome y no te suelte.

Sí, se acerca mi cumpleaños, y cuando dices que me tienes una sorpresa me emociono como cuando tenía veinte años. Aquí en España siempre recibo felicitaciones de amigos y de lectores. Los amigos insisten en festejarme y yo evado mucho sus propuestas de cómo hacerlo. En mi memoria está, cómo tú hacías que mi cumpleaños fuera distinto... extraordinario.

Desearía que lo mismo ocurriera este año, sentirte por lo menos, más cerca.

Quiero contarte que mis alumnos están muy entusiasmados con el ejercicio de enviarse cartas entre sí, con todo y su buzón, en el cual cada equipo lo ha hecho con materiales reciclables, los veo y me gustaría tomarte de la mano y sí, besarte tanto y por mucho tiempo.

Con amor,

Pablo

DE: Luz María(avefenix@hotmail.com)
ENVIADO: viernes 18 de agosto de 2017, 00:05 am
PARA: Pablo Miranda
ASUNTO: Sorpresa en tu buzón

Querido Pablo,

¡Feliz cumpleaños 62!

6+2=8 ¡el número infinito!

Me hiciste recordar tantos momentos tan divertidos cuando te preparaba la sorpresa por tu cumpleaños.

Leo con tristeza que esa no haya sido una constante en tu vida.

Recuerdas cuando abrazados en el parque Luis Cabrera, junto a la fuente, te pedí que me juraras que siempre serías feliz en tus cumpleaños... me lo juraste y ahora veo que no lo cumpliste.

Te fallaste y me fallaste.

Antes de la sorpresa quiero compartirte que conocí hace unos días a una escritora argentina que me encantó, ella es Ana Guillot, ¿la conoces? Me imagino que sí.

Vino a presentar su novela "Chacana" y la devoré en menos de un fin de semana...
"Que sí... que no.... que quién sabe..."

Hoy recibirás en tu buzón un ejemplar de este libro que estoy segura te agradará cómo a mí y junto a él, una carta especial y la sorpresa... ¡las cartas que me escribiste en 1981! No me resistí a decírtelo por este email...

Sí, encontré con la premudanza todas esas cartas, las que escribimos antes de que el terrible terremoto nos cortara la comunicación cómo lo hizo con miles de vidas y sueños de los que vivíamos en esta ciudad en donde cada 19 de septiembre el recuerdo de esa fecha nos estruja el corazón... ojalá nunca volvamos a vivir una experiencia tan apocalíptica... porque no la relaciono con nada más... quizá lo más cercano sea el infierno de Dante...

Hice hasta lo imposible para que justamente hoy recibieras tus regalos, el libro y las cartas.

Pablito fue mi cómplice... como vino a México a verme, intrus@ me ayudó a persuadirlo de que regresara a España en estos días y pudiera dejar los regalos el mero día de tu cumpleaños.

Yo no me hubiera atrevido a pedírselo, así que no vuelvas a insinuar nada sobre mi cómplice incondicional.

Me imagino, —no, no me imagino— estoy segura de que esta ausencia de casi dos semanas te habrá puesto loco por la falta de control y certidumbre y seguro pensaste mil historias.
Hoy hay que festejar con algo especial...

Dime, ¿ya está la sorpresa en tu buzón?

Con mi emoción epistolar,

Luz María

FROM: Pablo Miranda (alicanto08@yahoo.com)
SENT: sábado 19 de agosto, 12:05 hrs
TO: Luz María
SUBJECT ... la mirada de pájaro de antes

Luz,

Cuánto te extrañé, cuántas preguntas pasaron por mi mente, cuántas horas de insomnio pensando lo peor. La tristeza y el enojo se entrelazaban para hacer de mis días los más extraños, los más solitarios. Entendí que no soportaría más tu ausencia y me conformé con el tono de tu voz, el que dictaban las palabras de nuestras últimas conversaciones.

Al despertarme como todas las mañanas fui a prepararme una taza de café y vi como mí ordenador me mostraba una notificación de un nuevo correo electrónico. En días anteriores, mi corazón se exaltaba, pero al revisar solamente encontraba correos de mis alumnos o cualquier información sin la mínima importancia. Pero en esta ocasión, al ver tu correo, al sentirte tan próxima supe que tu regreso significaba algo diferente.

Ya tengo conmigo mi regalo, y viene tanto de ti.

Sí, si conozco a Ana Guillot, una gran escritora y poeta. Hemos coincidido en varios encuentros de escritores y la recuerdo muy bien porque en mi primera visita a Buenos Aires, saliendo de una presentación ella me recomendó ir a la plaza Dorrego en el barrio de San Telmo para escuchar Tango, le hice caso y al llegar me senté en una de las mesas al aire libre en uno de los numerosos bares y cafés... había notado que en las cubiertas de las mesas habían diversas letras de tango escritas y cual sería mi sorpresa que al sentarme en la mesa disponible tenía "Cambalache" de Enrique Santos Discépolo, mi tango favorito, ¿conoces la letra? ¡Es maravillosa!

Que el mundo fue y será una porquería, ya lo sé
En el quinientos seis y en el dos mil, también
Que siempre ha habido chorros, maquiavelos y estafaʼos
Contentos y amargaʼos, varones y dublés
Pero que el siglo veinte es un despliegue de maldá insolente,
ya no hay quien lo niegue
Vivimos revolcaʼos en un merengue y en un mismo lodo todos ma-
noseaʼos

Hoy resulta que es lo mismo ser derecho que traidor
Ignorante, sabio, chorro, generoso o estafador
¡Todo es igual! ¡Nada es mejor! Lo mismo un burro que un gran pro-
fesor

No hay aplazaos ni escalafón, los inmorales nos han igualaʼo
Si uno vive en la impostura y otro hala en su ambición
Da lo mismo que sea cura, colchonero, Rey de Bastos, caradura o
polizón

¡Qué falta de respeto, qué atropello a la razón!
Cualquiera es un señor, cualquiera es un ladrón
Mezclaʼo con Stavisky va Don Bosco y La Mignon, Carnera y Napo-
león
Don Chicho y San Martín
Igual que en la vidriera irrespetuosa de los cambalaches se ha mez-
claʼo la vida
Y herida por un sable sin remache ves llorar La Biblia junto a un ca-
lefón

Siglo veinte, cambalache, problemático y febril
El que no llora no mama y el que no afana es un gil
¡Dale, nomás! ¡Dale, que va! ¡Que allá en el horno se van a encontrar!
No pienses más, sentate a un la›o. que a nadie importa si naciste honra›o
Da lo mismo al que labura, noche y día como un buey
Que el que vive de las minas, que el que roba, que el que cura o está fuera de la ley
Vivimos revolca›os en un merengue y en un mismo lodo todos manosea›os

No pude evitar ponerlo y escucharlo al menos un par de veces.

Te cuento que he comenzado a leer el libro, pensando en que tú también lo has hecho y cómo voy avanzando, voy pensando en qué causó para ti leerlo. Me he detenido en una frase:

"Miedo a mirarla, de comprobar que no tiene la mirada de pájaro de antes. Miedo de amarla todavía" pienso en que el miedo hizo que me fuera de ti y aunque yo le llamaba valentía, sé que me mentía.

Te leo y te siento otra, alguien plenamente emocionada, me imagino que con aquella chispa de cuando organizabas mis cumpleaños, ahora sé que era un tanto egoísta porque sabía que te esmerabas —como hoy— para que verdaderamente fuera una sorpresa. Tus ojos vivaces te delataban días antes.

Lamento mucho no haber podido cumplir mi promesa, soy un ser extraño, muchos consideran que tengo muchos amigos, en realidad no.

¿Sabes?, paso muchas horas solo. Me gusta la compañía de las personas, pero no de todas. En muchas ocasiones estoy en lugares donde todo el ambiente es propicio para que me la pase agradable, pero no ocurre.

Claro que recuerdo la fuente del parque Luis Cabrera, te encantaba acercarte lo más posible para que la brizna te empapara el rostro. Me invitabas a que yo hiciera lo mismo, pero prefería verte reír.

¿Qué tan avanzada va la mudanza?... Tengo el paquete de las cartas, solo leí una, las otras no las he querido abrir, recuerdo los sellos postales, recuerdo lo que representaba para mí escribirte cada ocho días... la gran tristeza al ver que de pronto no llegaba ninguna carta, un telegrama... esa sensación solo la has provocado tú con tu ausencia, nadie más. Por otras personas he sentido gran alivio de que ya no estén...

Que sí, ellos siempre se quisieron
Que no, solo era la luna,
Que sí, ella lo miraba de otra manera,
Que no, él no quería darse cuenta,

Que nadie sabe...

Pablo, con inmenso amor

Madrid, España, a enero 30 de 1981.

Querida Luz María,

No sé qué decirte. Te leo y entre líneas y percibo tu molestia que no sé si es justificable.

Yo podría decir lo mismo, sentir algo semejante, pero no sé si lo siento o quizá no he tenido tiempo de sentirlo

Imagino que los procesos de extrañar son diferentes en quien se va que en quien se queda. Lamento mucho que hayas pasado por tantas emociones encontradas. Admito que para mí ha sido más fácil pues me he encontrado por vez primera frente a la responsabilidad de vivir solo.

Aunque aparentemente al hablar español en México y España debería ser todo comprensible, no lo es para mí. Hay muchas expresiones, sobre todo de argot que no comprendo. Además de que la idiosincrasia es muy distinta en ambos países.

Lo mismo me ocurre con mis compañeros latinoamericanos, no comprendemos expresiones que, aunque sean las mismas en cada país tienen un contexto distinto. Inclusive he comenzado a crear con algunos compañeros una especie de "diccionario iberoamericano". Está siendo divertido, un profesor nos dijo que incluso podría ser tema de tesis.

Hace unos días me invitaron a conocer un bar que está en la facultad de Biología, casi enfrente de la mía cruzando un campo deportivo... todos estos meses solo me concentrado en mi facultad, en recorrer sus espacios, en su biblioteca... hay una capilla dentro de las instalaciones que es muy interesante.

"Vamos al bar de biología, ahí están las estudiantes más majas"

—nos decía uno de mis compañeros para convencerme, sin saber que mi pensamiento cada día estaba más en extrañarte...

Accedí y fue toda una aventura, ahí conocí a un estudiante español muy simpático que cuando supo que era de México prácticamente me adoptó como su amigo, y más cuando se dio cuenta que no quería quitarle a su novia. Se llama Fernando López Mirones, el quieres ser documentalista, y es súper amable... ha sido mi entrada a conocer un Madrid más "madrileño", diría él... así que me ha mostrado cada rincón de esta fascinante ciudad...

Después de la caída de Franco toda España se ha volcado en un movimiento que llaman "la movida"... ayer me empaparon del tema unos amigos de Fernando que nos invitaron a una función especial de la película "Pepi, Lucy, Bom y otras chicas del montón" de Pedro Almodovar, es una comedia muy divertida que protagonizan Carmen Maura y Alaska, que también es cantante y tiene un grupo "Alaska y Los Pegamoides" Me gustó tanto que me compré el sencillo de "Otra dimensión" que está muy guay (como dicen por aquí)... y la letra no podía quedar mejor para dedicarte en este momento sus primeras estrofas: *No podré volverte a ver nunca más... sabes que lo siento de verdad, nunca debí haber cogido ese avión... ahora estoy en otra dimensión... aquí perdido sin tu amor...*

Ojalá puedas escucharla y que pronto pasen la película en México y la veas, sé que te encantará... yo creo que hay que seguirle la pista a este director y a esta cantante que me parecieron muy buenos.

Ya te contaré más en otra carta.

Extrañándote...

Pablo

DE: Luz María (mailto: avefenix@hotmail.com)
ENVIADO: septiembre 1 de 2017, 07:19 am
PARA: Pablo Miranda
ASUNTO: RE: ... la mirada de pájaro de antes

Pablo,

Solo unas pequeñas líneas para reconocer que, pese a mis augurios, has logrado despertar en Luz, nuestra Luz, su propia a luz... Eso te lo agradezco profundamente, de corazón...

La he visto tan emocionada y feliz que no he podido resistirme a contagiarme de esa felicidad...

¡La extrañábamos tanto!

Quizá esto sea lo último que leas de mi... quizá ya no es necesaria mi presencia en la vida de Luz María...

DE: Luz María (mailto: avefenix@hotmail.com)
ENVIADO: septiembre 1 de 2017, 11:38 am
PARA: Pablo Miranda
ASUNTO: Lancémonos al vacío.

Querido Pablo,

He visto que intrus@ se me adelantó a contestar tu correo y me da felicidad leer en ambos ese ánimo de aceptar lo importantes que son para mí.

Como lo has leído en los últimos meses, su presencia ha sido vital en mi vida y entenderlo me costó trabajo, pero estoy decidida a que no se vuelva a ir, aunque tú estés en ella de nuevo.

Sé que pronto lo entenderás, cuando nos veamos y cerremos por completo las heridas que ambos sin querer provocamos entre nosotros.

Imagino que estarás por terminar "Chacana" y entenderás por qué me identifico tanto con esa novela....

En mí siempre han habitado esas dos hermanas, una que se arriesgaba a vivir y la otra que se resguardaba en sus temores. Hoy en día, no puedo encontrar el momento en que decidí no arriesgarme. Hoy me doy cuenta y no es momento de cuestionarme sino simplemente es de seguir adelante y contigo.

Intrus@, como bien le llamaste, siempre ha estado ahí, aunque tú no le vieras o incluso yo también le ignorara...

¿Sabes?, inevitablemente me dio un giro el corazón cuando vi que el email de intrus@ salió a las 7:19 del primer día de este mes de septiembre, que sin excusa cada año me causa ansiedad y perturba mi corazón...

Sé que este septiembre lo podré superar con la emoción de nuestro encuentro porque antes de que termine el mes, estaremos viviendo la historia que de manera absurda nos negamos a vivir.

Leo lo que escribo y no puedo evitar ruborizarme, eso sí, existe una enorme sonrisa permanente conmigo, me lo dicen todos, *tiene un brillo distinto, algo la tiene feliz, esos ojos jamás habían sonreído tanto.*

Quiero contarte todos los pormenores sobre lo que he hecho en el departamento.

Pienso en cada detalle, porque deseo que cuando lo veas no quieras por ningún motivo regresar a España.

Sí... sé que dirás que no hay nada por qué inquietarme, pero no puedo evitar sentir esta opresión, irracional en el pecho. Pero no me voy a detener en emociones obscuras pues si las dejo crecer se pueden apoderar de la magia convirtiéndola en confusión.

Estoy muy emocionada porque he encontrado una galería —como hoy muy elegantes las nombran— a la que por mucho tiempo no me atrevía a entrar, en realidad no sé la razón. A lo mejor por miedo a enfrentarme a mi pasado, a nuestro pasado y soltarme a llorar. Pues sabía que encontraría objetos que evocarían mi tiempo contigo.

Hace uno días me decidí hacerlo... encontré tantas cosas que sé te harán muy feliz verlas en el departamento. El lugar se llama *Trauvé*, pareciera un sitio sin mucho que enseñar, porque además se encuentra en un edificio muy poco cuidado.

Sin embargo, su ventanal es muy peculiar: un centenar de cuadros en tonos ámbar, que dejan ver un poquito de lo que hay adentro. Queda muy cerca del edificio Balmori, donde viviste con tus papás y hermanos.

Pues ahí, encontré las lámparas en forma de plato en color rojo, que combinan de manera extraordinaria con el estudio y las repisas color maple. Pareciera que me estaban esperando.

Sé que te gustarán mucho, también agregué pequeños detalles, que, aunque igual no tienen un uso real, hablan mucho de nuestra historia entre cartas y buzones. Al término de este mail, te pongo una foto.

Aunque no he tenido la misma suerte con las cortinas, por más que he buscado la tela ideal, ninguna tienda me ha dejado satisfecha. Me han dicho que ya no están de moda poner cortinas, ahora son las persianas verticales, yo los miro y pienso, ellos que van a saber. Y es que imagino que cuando cualquiera de los dos regresemos a casa, desde el parque podamos ver a través de las cortinas el piano. Así que creo voy a tardar más en ese detalle. Ah, no sé si crees que es una niñería aferrarme a esos detalles, pero bien me conoces que difícilmente si ya decidí algo, alguien puede disuadirme.

Pablo, he pensado mucho en lo que te voy a expresar, pero estoy convencida que no debe, no puede ser de otra manera. Ya no somos aquellos casi niños que jugábamos a hacer planes a futuro.

Tú y yo debemos estar decididos a arriesgarlo todo, a que no nos importe lo que digan los demás.

Y es que solo imaginar el rostro de tu hermana Mónica, con esa risa perpetua de muñeca de aparador de tienda de Sanborns, me pongo nerviosa. También imagino la cara arrugada de mis hermanas, todas unas señoras con maridos grises, con hijos que no las visitan, pero tan prestas para criticar, inevitablemente también me provoca desasosiego.

Pero quiero gritarle al mundo, que somos felices, a lo mejor más que cuando jóvenes y que nos meremos esta dicha.

No me importa ser el hazmerreír de mucha gente, honestamente nunca me ha preocupado mucho lo que piensen de mí.

No quiero, y más bien, nos lo prohíbo, que pensemos en la edad y en los prejuicios que nos hicieron separarnos, al grado de no tomar un avión, de hacer una llamada, de pedir perdón, de gritar con todas nuestras fuerzas que nos necesitábamos, que nos extrañábamos, que nos amábamos.

¡Así que te invito a que nos lancemos a vacío!, sin soltarnos, mirándonos a los ojos.

Pablo, si tus palabras escritas me han hecho estremecer y me han dado fuerza, imagina lo que provocará el poder besarte, abrazarte, sentir tu piel, porque inevitablemente dentro de nosotros ha renacido esa llama adolescente que nos hace volver a pensar en la pasión.

¡Qué importa que nuestros cuerpos ya no sean turgentes y frescos si lo que nos llena es la energía y la fuerza del encuentro con nuestra alma gemela!

Porque eso somos Pablo, almas idénticas que al encontrarse se complementan en el alma original...

Con esto quiero decirte que deseo hacer público tu regreso, nuestro regreso el cual no tiene final, ¿aceptas?

Hoy pintaremos las paredes del departamento... no te diré los colores, quiero que sea sorpresa para cuando llegues.

Además, ya hemos colocado mi adorada escultura de Leonora, y al trasladarla, encontré adherida a su base el sobre con la primera carta que le escribí a Leonora aun sin conocerla. Cuando me obsequió la escultura me entregó esa carta "sé que conservar esta carta te gustará", me dijo con esa magia enigmática que siempre la caracterizó. Te la comparto en este correo querido Pablo.

Cuéntame, ¿cuáles son tus planes?, dime que estarás aquí antes del 19 de septiembre.

Pablo, quiero que estas palabras las tengas desde ahora contigo hasta que nos veamos, y te las pueda decir:

Eres el murmullo de la luna eterna, eres el mar, eres la noche que me abraza con el sigilo de tu voz.

Con eterno y adolescente amor,

Luz María.

Distrito Federal a 10 de enero 1978

L E O N O R A... me gusta deletrear su nombre. He pensado por semanas si esta carta no le molestará.

Muchos vecinos dicen que usted, es una persona de muy mal humor que apenas da los buenos días si se la encuentran de frente.

Yo más bien pienso que es alguien que deambula en un mundo que no es donde todos viven. Entiendo que se aburre y, por lo tanto, se enoja un poquito.

Usted no lo sabe, pero los sábados trato de coincidir cuando sale de su casa antes de las ocho de la mañana para caminar por el camellón de Álvaro Obregón, deteniéndose en cada fuente y mirando a distancia las casas de ambos lados.

Me gusta ver cómo intenta que su cabello revuelto quede adentro de la mascada, en ocasiones lo logra, la mayoría de las veces no.

Yo creo que usted y yo estamos unidas de alguna manera. A nadie le he contado cuánto deseo ser parte de su mundo... bueno en realidad sí, solamente a una persona, pero no se preocupe, somos amigos desde hace poco más de un año, vamos en la misma escuela y nos gustan las mismas cosas, me refiero a las mismas lecturas. ¿sabe?, no tenemos los mejores maestros de literatura, todos nos enseñan lo mismo, son aburridos y metódicos, no nos dejan expresarnos, todo tiene que ser bajo sus criterios.

Hace unos días le comentaba a Pablo —es el amigo del cual le hablo— que me gustaría dar clases a niños pequeños para poderles leer poesía.

Estoy convencida que es la única manera en que puedes enamorarte eternamente de la cadencia y de su ritmo. Pablo me mira extrañado y siempre me dice que yo escribo bien y que me debería de aventurar a escribir un poemario, aunque sea pequeño. La verdad es que me da miedo.

No tengo su alma aventurera, ni tampoco su caparazón para la crítica. Inevitablemente al igual que usted — creo—, que vivo en una nube blanca que a veces me produce llanto.

Yo sé también, que lo que le voy a preguntar es todo un atrevimiento, pero, ¿no le gustaría dar clases en mi escuela? clases de lo que usted quiera, nos podemos sentar simplemente a escucharla, sobre su obsesión que tiene sobre los mitos celtas, los ángeles y demonios que nunca la han dejado de perseguir.

A mí me gustaría saber, qué se siente que la vida se desborde por alguien, como le ocurrió por Max Ernest, hay perdón por quererme inmiscuirme en algo tan suyo, pero no es la intención, yo más bien quiero que me cuente si el amor te puede llevar a la locura... Sé que ahora está casada y todos los vecinos estiman a su marido y es normal porque él es muy sonriente y también amable.

Hace unos días mi mamá la vio comprando baguettes y un pastel de tejas de almendra, para mí el más rico de la panadería La Suiza. **Nunca había visto de cerca a esta señora extranjera, es muy bonita, su piel blanquísima, pero sus gestos como todos dicen es son agrios.** Qué envidia le tuve a mi mamá, me hubiera gustado verla tan de cerquita.

Ya no quiero entretenerla. Ojalá un día me atreva a saludarla. Mi nombre es Luz María y mi casa es de color blanco con vivos marrones, está exactamente en frente de su casa.

Me despido,

Luz

FROM: Pablo Miranda
SENT: Sábado septiembre 2, 2:30 hrs
TO: Luz María (mailto: avefenix@hotmail.com)
SUBJECT: RE: Lancémonos al vacío.

Queridísima Luz María,

Vengo regresando de una noche maravillosa en la que estuviste presente todo el tiempo y leer tu correo con tan gran determinación me hizo mucho más feliz.

Gracias por compartirme la carta que le enviaste a Leonor, ¡tiene tanto de ti!, de tu arrojo y valentía que te imagine perfecto escribiéndola.

En reciprocidad, quiero compartirte que hace casi 21 años, un 12 de septiembre de 1996, acudí a la Plaza de Toros de las Ventas para ser testigo de uno de los conciertos más emotivos de mi vida, "el gusto es nuestro" donde se reunían cuatro de nuestros cantantes favoritos, Ana Belén, Víctor Manuel, Joan Manuel Serrat y Miguel Ríos.

Fue un concierto apocalíptico y marcó una de las giras más exitosas de la música española contemporánea. Ese día pensé todo el tiempo en ti.

Pues ayer mi agente me dijo que no hiciera planes porque me tenía una sorpresa, y ¿sabes a dónde me llevó? a una cena en honor de Carlos Rivera, un joven cantante mexicano que se presentará este sábado, prácticamente hoy, aquí ya son casi las 2 de la mañana, después de una exitosa gira en varias ciudades de España.

Me dio mucho gusto conocerlo, pero más feliz me hizo, y esa era la sorpresa, coincidir ahí con Ana Belén y Víctor Manuel, quienes después de que se fueran la mayoría de los invitados, armaron una bohemia y cantaron entre otras canciones, "Quiero abrazarte tanto" y me emocionó mucho...

Siento tu mano fría correr despacio sobre mi piel y tu pecho en mi pecho
y tu desnudez y olvido reproches que imaginé...
Vente conmigo al huerto que están las rosas queriendo ver
La promesa que has roto para volver y así creer lo que les conté
Dije que te quería como a nada en el mundo
Que seguía tus pasos tu caminar como un lobo en celo desde mi hogar
Con la puerta abierta de par en par... de par en par
Que tenía en penumbra nuestro rincón en aquel salón
Con dos cubiertos y tu canción y con tus flores en el jarrón
Siento tu mano tibia que palmo a palmo besa mi piel
Y tus brazos me enredan hoy como ayer en este nuevo día vuelvo a creer
Vente conmigo al puerto que hay una barca en el malecón
Con tu nombre pintado secando al sol, con tu mano grabada junto al timón
Sabes que te quería como a nada en el mundo
Que seguía tus pasos, tu caminar como un lobo en celo desde mi hogar
Con la puerta abierta de par en par, de par en par...
Que tenía en penumbra nuestro rincón en aquel salón
Con dos cubiertos y tu canción y con tus flores en el jarrón.
Quiero abrazarte tanto con mis sentidos con tanto amor
Que no haya más sonido que nuestra mi voz
Y mi cuerpo en el tuyo... continuación
Y yo andar en la tierra como un romero buscando a un Dios
Y tendré tu regazo, tu comprensión
Y una casa pequeña para los dos
Tú sabes que te quiero como a nada en el mundo
Que seguía tus pasos, tu caminar como un lobo en celo desde mi hogar
Con la puerta abierta de par en par, de par en par...
Que tenía en penumbra nuestro rincón en aquel salón
Con dos cubiertos y tu canción y con tus flores en el jarrón.

Volviste a estar presente Luz María, en cada verso, en cada palabra, en cada idea de esta hermosa canción.

Tuve oportunidad de charlar mucho con ellos, son realmente encantadores, me halagó mucho que me dijeran que han leído varios de mis libros y yo les confesé, que era su fan desde siempre. Les hablé de ti y de que intenté conocerlos en el concierto del año pasado por los 20 años de "El gusto es nuestro", pero que el tumulto de gente me impidió llegar a los camerinos donde me habían ofrecido preséntamelos.

Estar ahí con ellos, fue como si el tiempo se hubiera detenido... un cúmulo de emociones venían a mí con sus voces y sus canciones... recordé cuando escuchábamos sus discos LP en el departamento de Rio de Janeiro.

Cómo quisiera que hubieras estado ayer conmigo. Sé que te hubieran encantado y tú les hubieras fascinado. Pero al leerte, siento que eso se realizará muy pronto, ¡¡juntos seremos imparables!

Deseaba tanto haberte tomado de la mano en esos conciertos y en esta extraordinaria bohemia... esos son los momentos en los que me hace feliz gozar de cierta "fama" y reconocimiento en España, poder acceder a esos espacios de convivencia que tú y yo siempre soñamos...

Estoy de acuerdo contigo, ¡lancémonos al vacío! y disfrutemos de lo que nos hemos privado por tantos años...

En estos momentos ya no hay nada más importante para mí, que darnos la oportunidad de ser felices juntos... de planear nuestra vida juntos... de vivir cada día como si fuera el último momento que podemos compartir...

Me emociona mucho leerte entusiasmada con la remodelación del departamento... estoy seguro de que en cada detalle pondrás toda tu belleza y talento y será perfecto como tú lo decidas...

Yo comenzaré a cerrar todos mis compromisos aquí en Madrid para estar en México antes del 19 de septiembre, verás que juntos lograremos vencer ese terrible fantasma que merodea en esa fecha... pensemos que ahora todo será felicidad y abundancia de amor, reconocimiento y plenitud.

Claro que puedes anunciar mi regreso y, además, que estamos preparando la publicación de nuestro libro juntos...

Me ha surgido una nueva llama de esperanza con tu propuesta, no sé si será, como suelen decir, un segundo aire. Siento una vitalidad inaudita y no quiero que se escape. Gracias por esta esperanza que llena ahora mis horas y minutos mi querida Luz María...

Dime si quieres que busque aquí en Madrid la tela para las cortinas, y ¡qué importa que ya no estén de moda! La moda la imponemos tú y yo...

Tengo un par de salidas en las próximas semanas, una a Paris y la otra a Barcelona para cumplir con unos compromisos de la editorial. Dime si quieres que aproveche y compre algo para nuestro nuevo universo en el edificio de las brujas.

Con amor intenso,

Pablo

DE: Luz María García
ENVIADO: domingo septiembre 3 de 2017, 5:30 pm
PARA: Pablo Miranda (mailto: alicanto08@yahoo.com
ASUNTO: RE: RE: Lancémonos al vacío.

¡Pablo mío!

Estoy segura de que si alguien hubiese podido ver la emoción con la que leía tu correo anterior, hubiese notado la gran dicha que provocaste en mí. No te puedo negar el miedo que sentí cuando le di *enter* a mi correo con mi propuesta. ¿Pero estás de acuerdo que ya no me queda nada bien vivir con el más mínimo desasosiego?

Además, quiero decirte que en este tiempo en que hemos estado separados, he perdido algunos matices que la juventud te da. Sin embargo, lo que jamás he dejado ir es mi obstinación, y hoy más que nunca la tomo como estandarte para que me reconozcas cuando nos reencontremos.

Me emociona mucho leer los maravillosos momentos que viviste y hoy más que nunca creo, que hay coincidencias que te van dando la confianza para continuar los sueños más arrojados como el que deseamos... como el que ya vivimos tú y yo. Has hecho que entre un remolino de emociones y recuerdos que parecían olvidados, ahora los vea de una manera transparente.

Me viene a la mente aquel disco LP, donde aparece Víctor Manuel con el cabello revuelto, con la mirada retando al mundo. Me acuerdo, que lo fuimos a buscar a aquellas enormes tiendas de discos que estaban en la calle de San Juan de Letrán. Yo sé que mi emoción te contagió esa rebeldía — que deseo encontrar de nuevo en mí— Ahora tengo la gran curiosidad de saber qué es lo que les dijiste de mí, ¡no lo imagino!

Por otro lado, pensé que te iba a parecer una exageración el tema de las cortinas, pero te tomaré la palabra.

Te voy a contar que en una de las ocasiones en que viajé a España a visitar a Pablo... mi hijo... una tarde que caminábamos por la calle de la Bolsa, — seguro tú la ubicas muy bien— encontramos una tienda de telas y decoración de interiores, llamada Tejidos Julián López; no pude evitar entrar, ¡era yo como una niña en una dulcería! Ahí compré algunas telas para hacer algunos arreglos a los muebles donde todavía vivo. Recuerdo que tiene una sección especial para hacer cortinas en el piso superior, ahí diseñan cortinajes clásicos, y según recuerdo, cuentan con una variedad de telas livianas, vaporosas en tonos claros y con detalles discretos.

Eso es lo que deseo para las ventanas del apartamento, sobre todo la del balcón. Nos tocarán los días de chubascos aquí en México y no quiero por nada, perderme como la lluvia cae en las copas de los árboles que tenemos enfrente. Te mando las medidas, yo sé que con lo que te acabo de decir, podrás escoger la tela apropiada.

Hoy es domingo y por lo general, siento una gran melancolía. Pero hay mucho que hacer aún. Más tarde iré al departamento para tomar las medidas en el estudio, deseo que el lugar donde se coloquen mis libros y los tuyos sea un enorme librero de pared a techo, pero hay detalles que debo considerar como el ancho de cada repisa. Me gustaría que me dijeras cuántos libros piensas traer de España, para así, hacer el recuento correcto.

Hay algo importante, he decidido que donde se encuentra el piano, quede un espacio libre para que tú y yo bailemos... como cuando éramos jóvenes —muchas veces desnudos—, recuerdas que danzábamos y lo hacíamos con los ojos cerrados, sin jamás perder el ritmo, sin caernos, un poco mareados, eso sí, ¡qué locuras intento revivir!, pero no lo puedo evitar... dime si te parece una bobería... de todos modos, aunque lo dijeras, no pienso renunciar a la idea.

Por otro lado, he convocado a mis hermanas, les he dicho que deseo compartirles algo importante. Creo que no imaginan siquiera de lo que se trata. Seguramente suponen que son noticias referentes a Pablito, algo así como que se casa o que vivirá en otro país. Me divierte mucho imaginar las distintas reacciones que tendrán. Estoy segura de que todas dirán que la locura ahora sí me ha invadido, pero muy en el fondo se quedarán con un sentimiento de desazón, te contaré con detalle.

Hay algo que me turba un poco y es, el hablar con Pablo... mi hijo, no quiero sonar melodramática, pero él no imagina quién eres para mí. No me he atrevido a decirle el por qué me cambio de departamento, sé que se ha alegrado, ya que el lugar donde vivo tiene cierto deterioro, aun cuando no ha perdido su valor arquitectónico. Para ello pido tu ayuda, siempre has encontrado mejores argumentos para decir las cosas.

Hay tantas cosas que te quiero decir, como el que voy a comenzar a planear, una pequeña recepción para así recibirte con amigos y familia. Algo discreto antes de que acabe el mes de septiembre. Me gustaría saber a quién te gustaría invitar.

Deseo que tu viaje a París lo disfrutes. Pero no tardes tanto, el tiempo es de nosotros y de nadie más.

Con amor,

Luz María

FROM: Pablo Miranda
SENT: jueves, septiembre 7, 15:40 hrs.
TO: Luz María (mailto: avefenix@hotmail.com
SUBJECT: RE: RE: RE: Lancémonos al vacío.

Querida Luz María,

Perdona mi retraso en responder. Me he quedado sin internet en el piso y en mi móvil no tengo cargada la cuenta del correo electrónico.

Ya sé que sueno obsoleto, me lo dicen siempre mis alumnos y colegas, pero es algo con lo que no puedo lidiar, siempre he sentido que se invadía mi privacidad, algo similar me pasa con las redes sociales... no sé si ya te lo había dicho, pero me produce una aversión compartir la vida a todos en internet, así que solo me limito a escuchar a mis alumnos y a tolerar a algunos amigos que me cuentan y me muestran su universo en redes sociales... me parece que todo es muy falso y hasta inventao.

¿Será esta una de las razones que nos atan a esta cultura epistolar modernizada con el correo electrónico?

¿Será esa la razón por la que tú y yo en extraño pacto silencioso no nos llamamos por el móvil?, ¿o nos enviamos mensajes por el whatsapp?

Somos tan parecidos querida Luz María, que el destino no podía castigarnos más, dejándonos separados.

Ya tendremos tiempo de conversar sobre esto en las largas caminatas que nos esperan redescubriendo la colonia Roma que tantos secretos nuestros... guarda... en muchos rincones que no sé si aún existen o solo quedaron en mi recuerdo asociado con tu imagen y tu sonrisa.

Por lo que me dices de las cortinas, con gusto iré a esa tienda que ubico perfectamente. Que interesante leer que la conoces y que estuviste ahí... yo suelo ir muy seguido porque la presencia de tantas telas, tejidos, hilados, colores y texturas me motiva mucho, me hace transportarme a escenarios muy diversos...

Imagina que hallamos coincidido ahí el día que tú fuiste en tu misterioso viaje relámpago por Madrid... imagina que ese día que estabas ahí yo hubiera estado y no nos hubiéramos visto. En fin, por algo pasan las cosas y ya tengo en mente algunas de las opciones de cortinas... intentaré sacarles unas fotos y enviártelas para que tu decidas... o mejor aún, pediré muestras y te las enviaré por mensajería a nuestro futuro hogar, nuestro refugio, nuestro universo... qué emoción me da pensar en ello, en ti y en mi ahí... nuevamente disfrutando de la vida... lo merecemos mi adorada Luz María.... Y sí, bailaremos todo lo que no hemos bailado, vestidos, desnudos, con luz, a oscuras... en la mañana, por la noche y en la madrugada.... Nuestra vida es desde ahora, ya un eterno baile de amor...

Qué divertido será que les des la noticia a tus hermanas, ya me contarás sus reacciones, te enviaré en breve la lista de las personas que podríamos invitar de mi parte... por lo que me preguntas de Pablito creo que es un hombre tan inteligente (como su madre) que le hará feliz, verte feliz... así que cualquier manera que decidas notificarle estará bien.

Espero que cuando estemos juntos decidas abrir un poco más tu corazón y me cuentes quién es el padre de Pablito... y saber por qué elegiste ese nombre para él... desde que supe de su existencia, muchas ideas dan vuelta en mi mente y en mí corazón... pero mi ego siempre me ha segado y ahora quiero hacer todo lo posible por silenciarlo y comprender al saber la verdad.

Cambiando de tema, lo que me preguntas de los libros que llevaré, es muy difícil de responder... sobradamente complejo... imagina la cantidad de libros que he acumulado en estos años... imposible deshacerme de ellos... creo que en la maleta llevaré solo los más cercanos y emotivos para mí, ¡que son muchos! Y contrataré un envío especial para mandar toda la biblioteca... sé que no habrá espacio para todos en el piso del Edificio de las Brujas... estoy buscando comprar otro lugar cercano para instalarlos y poner ahí una suerte de estudio donde pueda ir a trabajar y no invadir así nuestro espacio...

He pensado también, en donar algunos a la espiral de libros más grande del mundo que he leído organizan en ciudad de México, en el zócalo capitalino, alrededor de la asta bandera... me parece un proyecto estupendo y más el motivo por el que lo realizan que es donarlo para que en las cárceles haya más libros que presos... ya lo decidiremos cuando lleguen los libros, estoy seguro de que, te encantará revisarlos y muchos los disfrutarás tanto como yo.

Y te pediré que, en reciprocidad, me dejes conocer todos tus libros, muero de curiosidad por sentir tus emociones a través de las páginas que has leído... ¿y si ponemos nuestros estudios en el mismo espacio? Seguro podemos encontrar una casa antigua que nos guste, que tenga un jardín y áreas separadas para nuestras bibliotecas, obras de arte y los estudios. Imagino los dos trabajando en nuestros espacios, cercanos, pero sin invadirnos... y así dejamos nuestro hogar, para solo evocar al amor que nos tenemos y que ahí ha perdurado por siempre.

Con el deseo de bailar por siempre contigo,

Pablo

DE: Luz María García
ENVIADO: sábado, septiembre 9 de 2017, 11:11 pm.
PARA: Pablo Miranda (mailto: alicantoo8@yahoo.com
ASUNTO: Extraño tu voz cerca...

Pablo...

Hoy ha sido un día de muchas emociones y sentimientos encontrados. Leí tu correo y me dio tanto gusto sentirte cerca. Pero de pronto me entró un enorme miedo. Me siento tan identificada con todo lo que dices, con todo lo que percibes. Pero dime Pablo, ¿eso mismo sucederá cuando nos veamos?, ¿O será un acopio de información que tendremos uno del otro y nada más?

Yo no quiero que suceda lo que te digo, tengo miedo de frenarme al verte, de querer abrazarte y no poder hacerlo. Lo siento Pablo, no puedo evitar sentir lo que te comento. Creo que la incertidumbre por momentos se apodera de mí... pero prefiero decírtelo y no quedarme con ello.

Hoy me siento muy melancólica, sumamente triste. En la noche del 7 de septiembre hubo un sismo muy fuerte que aquejó de manera muy considerable al estado de Oaxaca. El Istmo de Tehuantepec es lo más afectado. Convoqué a todos mis alumnos para llevar víveres para los damnificados, aún no sabemos cómo los haremos llegar, ya lo veremos la próxima semana.

Además, la reunión del día de hoy con mis hermanas para darles la noticia y, decirles que pronto recibirían una invitación para la recepción de tu llegada y al mismo tiempo anunciarles que viviríamos juntos. Quise que fuera al medio día, para que no pareciera algo formal, así que reservé una mesa en un pequeño restaurante de la calle de Ámsterdam.

Pues todas llegaron muy puntuales, muy perfumadas, muy arregladas... todas se fueron en halagos sobre lo bien que me veo ahora, la verdad es que creo han exagerado y quisieron suavizar a nuestra nada buena relación que hemos tenido siempre.

Inmediatamente de que terminamos de tomar el café y el postre, sin más, les dije que desde hace algún tiempo comencé a tener una comunicación muy cercana contigo por correo electrónico y, que después de varias conversaciones habías decidido regresar a México de manera definitiva, para vivir juntos. El silencio, fue descomunal y largo, después una de ellas, Luisa, soltó un comentario mezquino e hiriente, *es un espejismo, no te quiere, desea ver a la Luz María de hace más de treinta años, ten cuidado hermanita. No le vayas a provocar una gran decepción cuando te vea.*

En otros momentos me hubiera levantado de la mesa y me hubiera ido. Esta vez, no fue así. Con la seguridad de lo que hoy somos tú y yo, les conté parte de nuestros planes, tal fue la entereza que demostré que no dijeron nada y disimuladamente se fueron despidiendo, deseándome lo mejor y diciendo que esperaban la invitación para asistir y así poder saludarte.

¡Ay, Pablo! ¿Por qué la familia siempre es lo más complicado de sobrellevar? Es cuando recuerdo porque no las frecuento tanto. Pero todo esto lleva a que he mandado a hacer unas pequeñas invitaciones, todavía sin lugar exacto, pero sí con fecha. Verás unos archivos en este correo que me mandaron ayer viernes por la tarde. Dime si no son muy pasados de moda.

Me asombra mucho leer que te gusta la tienda que mí me cautivó, realmente es un lugar fantástico. No quiero quitarte tanto tiempo tomando muestras y enviándolas… es más… quiero que tú decidas cuál de todas las que tú veas, es la que a los dos nos va a provocar paz al verlas puestas, al escuchar como silva el viento, como cae la lluvia, como entra la luz del sol a través de ellas, ¿te parece bien?

No me extraña el tema de los libros con los que cuentas, la idea de un estudio para los dos, al ver la cantidad de material literario que tienes contigo me parece estupenda, estoy segura de que encontraremos un lugar muy cercano al departamento, una casa como dices para que vayamos y regresemos caminando y así también, nos reencontremos con nuestra colonia Roma, que tanto queremos.

Ahora que lo dices, no dudo que tengamos los mismos libros, así que, si lo consideras bien, podemos donar los que estén repetidos a la espiral de libros más grande del mundo, la conozco y me parece un proyecto con causa, podemos poner un granito de arena. Me encanta saber que has seguido apoyando proyectos que realmente son valiosos para que seamos mejores seres humanos, eso me emociona percibirlo, aun con tu ego, el cual sabemos bien, es parte de tu personalidad.

Mañana domingo Pablito vendrá a verme, está aquí en México desde hace una semana, pero ha tenido varias reuniones. Él sabe que los domingos me duelen mucho y, por ello, decidió pasar todo el día conmigo. Hablaré con él. — insiste en que deje de vivir en este departamento, le daré la gran noticia—

Esto no tiene que tomar un tono de melodrama. La realidad, es que mucho de no querer que tuvieras contacto con él, era más un tema de enojo contigo de parte mía.

Pablo, sé cuáles son tus dudas, no hay mucho que ocultar, solo es un tema de contar los días en el calendario. Tú y yo estuvimos juntos los últimos meses antes de tu partida, y aunque jamás me pediste explicaciones sobre otras posibles parejas ... la realidad es que solo tú existías en mi universo. La respuesta sobra, mi querido Pablo, ¿no crees?, En su momento, te escribí una carta para contártelo, pero las circunstancias hicieron que no pudiera enviártela... aun la conservo y te la envío como archivo adjunto.

Con inmenso amor,

Luz María

P.S. no te he dicho, pero viviremos con alguien más...

México Distrito Federal, 03 de octubre de 1985

Pablo,

Mientras escribo esta carta las campanas de las iglesias cercanas retumban en los oídos de los que hemos sobrevivido al olor a muerte, al llanto desconsolado, al silencio que hiere. He intentado por todos los medios poder comunicarme contigo.

En este momento no encuentro otra manera de salvarme de la locura más que el poder hablar. Pero ha sido imposible. Las líneas telefónicas apenas van funcionando. He ido a la casa de tus padres pensando que por alguna razón hubiesen podido regresar.

Pero es una esperanza falsa. Sé que Mónica, tu hermana, vive aún en el Distrito Federal, sin embargo, no tengo su dirección y mucho menos su teléfono. No sé en realidad si esta carta pueda enviarla.

Mi desesperación ha sido tal, que he intentado llegar a centro de la ciudad caminando, pero todo está acordonado por el Ejército. Lo único que vez a la distancia es la Torre Latinoamericana, orgullosa de no haber caído como los otros edificios a su alrededor. Quiero decirte muchas cosas, quiero contarte lo que pasó hace escasos quince días de que sucedió el terremoto. Necesito hacerlo, necesito que me abraces. El único consuelo que tengo es hacerlo escribiéndote.

He sentido a la muerte caminando conmigo, me he dado cuenta de que no puedo más y no debo seguir ocultándote que tengo conmigo un gran tesoro, un ser que ha hecho que no existan días grises, que el aire sea liviano y que la vida tenga otro significado. Siento mucho el habértelo ocultado, no existe una razón. Simplemente no creía que los cuestionamientos fueran lo mejor en nuestra comunicación. Pero el día del sismo sentí miedo de morir, miedo de que ese ser del que te hablo, que lleva tu nombre y es mi hijo... que es nuestro hijo... pudiese fallecer.

Perdón la manera tan abrupta de esta confesión, pero el tiempo que vivimos no nos perdona y la muerte nos quiere abrazar. Imagino tu rostro desencajado al leer lo que escribo, no dudo tu enojo, tu gran desconcierto, pero con ello entenderás el tono de muchas de las cartas que te escribí anteriormente.

Habrá tiempo para hablar de lo que te confieso en estas líneas.

Hoy solo quiero seguir contándote sobre ese terrorífico jueves.

Esa mañana me desperté más temprano de lo habitual porque tenía que salir antes de las siete de la mañana. Pasaría por mi hermana Luisa a su departamento en la calle de Uruapan, para acompañarla a su clínica porque le realizarían unos análisis de sangre, siempre ha sido muy miedosa y me pidió que no la dejara sola. Se me hizo tan infantil su petición, pero accedí a ello.

Me acuerdo de que con la obsesión que tengo por llegar a tiempo puse la estación XEQK, la que da la hora cada minuto "La hora de México le proporciona la hora exacta, son las: 7:10 de la mañana" manejé sin encontrarme con mucho tráfico. Sabía que mi hermana estaría ya en la puerta de su departamento esperándome.

Recuerdo haber tomado la Avenida Álvaro Obregón sin ninguna prisa, recuerdo también, haber escuchado de nuevo la hora exacta "son las 7:19 am y cómo de manera inmediata las llantas de mi auto comenzaron a moverse queriéndose ir cada una de ellas en distinta dirección. Las calles comenzaron a crujir y algunos edificios que miraba por el retrovisor del auto se iban derrumbando, no parecían de concreto, sino de plastilina, de cartón como las maquetas que realizaban mis alumnos, todo se volvió polvo.

Me aferré al volante del auto, por un instante todo quedó en silencio. Segundos después, escuché algo parecido al trepidar que hacen los ferrocarriles cuando pasan por los puentes y los edificios de manera inmediata continuaron desplomándose.

Las personas bajaban de sus autos aterrorizadas. Yo no podía moverme, ni siquiera sabía si seguía con vida porque todo lo veía entre nubarrones, el llanto de Pablo hizo que volviera a la realidad.

En la parte trasera, en su sillita se estremecía, no entendía que estaba ocurriendo y yo tampoco. Con las pocas fuerzas que tenía y sumamente angustiada lo saqué del auto tapándolo con una frazada, no podía calmar su llanto, menos el mío. Lo revisé pensando que, al momento de frenar, se había podido lastimar, pero nada le había ocurrido y me sentí aliviada por ello.

No sé cuánto tiempo transcurrió... de pronto llegaron hombres y mujeres queriendo ayudar a los que estaban atrapados en los escombros, las ambulancias también se acercaban a la zona. Un paramédico se aproximó a mí, preguntándome si me encontraba bien, le respondí moviendo la cabeza que sí.

Pablo ya dormía entre mis brazos, *venga con nosotros, debemos revisar al niño y también a usted.* Nos encontraron deshidratados y con las pupilas dilatadas. Me hicieron varias preguntas, dónde vivía, si tenía familiares cercanos, algún domicilio.

Alcancé a decirle la calle donde vivía... *calle Chihuahua y mi hermana a una cuadra de aquí, vine en mi auto.*

Una rescatista no sé separó de mí hasta que me sentí mejor, fue ella también, la que me acompañó a mi Volkswagen. A las pocas cuadras me di cuenta de que era imposible continuar en auto, así que lo estacioné en una calle. Estaba a menos de 200 metros de donde vivía Luisa; mis piernas eran de agua, moría de miedo por encontrar su edificio como muchos, hechos carcoma.

No fue así, mi hermana estaba abrazada a su pequeña hija de cinco años en la puerta del edificio, otras vecinas también estaban ahí. Sentí tanta dicha de verla. Minutos antes, había pensado lo más trágico. Nos abrazamos como cuando niñas, nos volvimos a querer tanto.

La mayoría de los hombres, esposos, hermanos, padres que habitaban ese edificio, se habían ido a ver en qué podían ayudar. Desde el departamento de mi hermana pude ver la magnitud del sismo, las cortinas de los edificios derrumbados parecían fantasmas. Los olores se confundían unos con otros: gas, agua de drenaje, sangre, lágrimas...

Eran cerca de las siete de la noche cuando comenzó a llover; el cielo ya no soportó ver tanta muerte y comenzó a llorar y todos nos sentimos devastados. El gigante de los cuentos para niños no tuvo compasión y nos sacó a todos los corazones.

Los siguientes días han sido de grandes golpes, simplemente la casa de mis padres como la mía quedó inhabitable. Con ayuda de las autoridades pude entrar para sacar lo indispensable, ni pensar en mi máquina de escribir, ni mis libros, ni los tuyos.

El impacto ha sido tal que estudiantes, obreros, amas de casa, ciudadanos como tú y yo, sin ninguna preparación ni herramientas, se han transformado en cuestión de horas en rescatistas.

Pablo, ahora más que nunca, solo quiero que tú me des paz. Si pudiera pedírtelo te diría que quiero ir a vivir contigo, que deseamos que estés con nosotros.

Hoy he caminado por las calles de la colonia, por lo menos por las que podemos hacerlo. Me he sentado en una fuente, en donde tú y yo aventábamos una moneda pidiendo un deseo. Lancé una por ti y por mí, con el mismo deseo, espero se convierta en realidad. Con amor, Luz

FROM: Pablo Miranda
SENT: lunes septiembre 11 de 2017, 11:11 hrs.
TO: Luz María (mailto: avefenix@hotmail.com
SUBJECT: RE: Extraño tu voz cerca

Mi querida Luz María...

Leí tu correo y he enviado un paquete y una carta por mensajería, estará llegando este martes por la tarde... espéralo.

Con amor,

Pablo

Querida Luz María,

Hay tantas cosas que responder, que conversar, que sentir, que vivir, que decidir... que, aunque soy, somos y siempre hemos sido fervientes defensores de la comunicación epistolar, hoy transformada en correo electrónico ese medio se comienza a tornar insuficiente... por eso decidí escribirte esta carta, aunque sé que no se irá por correo normal ya que el tiempo apremia, sí intentaré plasmar en ella la esencia de nuestra comunicación.

El tiempo se viene encima y el giro de 180 grados en nuestras vidas es inminente...

He visto las noticias, y me he conmocionado al igual que tú. Estando yo en México podremos hacer juntos colecta de víveres e igual podríamos pensar en entregarlos viajando con tus alumnos a los lugares afectados. No quiero que te inquietes tanto, no quiero que tú salud. El esfuerzo que realizas, es importante.

Quise esperar a responderte hoy lunes para tener la certeza de la fecha exacta de mi viaje a México.

Los días que no tuve internet aproveché para empacar las cosas personales de mi piso... he acordado con uno de mis exalumnos más sobresalientes y que se volvió mi asistente, que él se encargará del mantenimiento del lugar, y le di instrucciones para que el espacio se dedique a dar albergue a alumnos extranjeros que vengan a la universidad y que por su condición económica no puedan cubrir sus gastos de alojamiento... es un espacio bastante amplio para las dimensiones de los alojamientos de Madrid en general, ya que tiene tres habitaciones más las áreas de sala, comedor y terraza, además, está en una ubicación fabulosa, en mi amado barrio de Salamanca.... bien podrá dar posada a 6 o 7 estudiantes latinos.

Las cosas que no podré llevar a México las dejaré en un resguardo...

¿Qué crees?, pues que me ha pillado sorpresivamente la tienda de telas caminando a una reunión y pude enviarte, junto con esta carta, las muestras de cortinas, espero estén llegando en la fecha que me aseguraron, martes al mediodía... ¿Qué has visto primero?, ¿la carta o las muestras? Dime cual te agrada más y la compraré esta semana....

Te confieso que yo también, he dudado de lo que pasará cuando nos encontremos frente a frente... sé que ambos hemos decidido, sin decirlo, no llamarnos por teléfono, no vernos por videollamada, ni siquiera enviarnos fotos por whatsapp, que ahora es la moda que ha revolucionado las comunicaciones...

Y hemos sido fieles a nuestro profundo amor a las cartas... a transmitir a través de palabras y frases, nuestras emociones, nuestras dudas, nuestros sueños... a leer nuestras entrelíneas y subtextos... quizá por eso nuestro amor a la literatura...

Siempre en clases insisto a mis alumnos que exploren la comunicación epistolar, que conozcan la escritura a mano, las plumas fuente, la tinta china... ¿seré muy demodé?

Creo que sí, no lo sé, pero me identifico tanto contigo al ver los archivos de las invitaciones para anunciar nuestro reencuentro... y sabes, me gustaría que fuera el diseño más antiguo evocando el momento en que nos conocimos... enviemos invitaciones como si fueran los años 70s, en propio y laqueadas... sé que falta pocos días, pero no perdemos nada con intentarlo... si las tienen listas esta semana podrás enviarlas, tampoco serán tantos invitados, me imagino... tu familia, mi familia, amigos en común y algunos personajes del mundo literario y cultural...

Mi editorial en ciudad de México te ayudará a hacerlo, he hablado con el editor y bueno, ellos están felices porque les ayudará a promover la venta de los libros... te envíe los datos de contacto de la oficina por email.

Parece ser que nuestro reencuentro será todo un acontecimiento, aunque en el fondo lo que me interesa es ¡lanzarme contigo al vacío!... como me lo propusiste y como lo he soñado tantas veces.

Quizá sea una especie de cita a ciegas, quizá tú estás esperando, como en la canción de "Penélope" de nuestro querido Serrat, al caminante que paró tu reloj infantil... y cuando te vea y te diga "mírame soy tu amor, regresé" me sonreirás con tus ojos llenitos de ayer... verás que no era así mi cara ni mi piel y me dirás "tú no eres quien yo espero".

Luz María, te escribo esto a mano, con mi querida pluma fuente Mont Blanc que me regalaste cuando salimos de la preparatoria y que aún conservo como uno de mis tesoros más preciados.

No me extraña leer lo que me comentas de las reacciones de tus hermanas, era normal... habrá que entenderlas.

Viajaré a Paris el jueves 14 y regreso a Madrid el sábado 16. Es forzoso que esté en Madrid el lunes 18 en la Universidad para dejar en orden todos los pendientes y compromisos. Estoy negociando con el director de la facultad dar algunas clases online y por lo que respecta a los compromisos con mi editorial, ellos no tienen problema de que radique en México, solo habrá que modificar algunos vuelos que las ferias de libro próximas tenían considerado hacerlos partiendo de Madrid, ahora los deben cambiar a la ciudad de México.

Eso me ha producido una emoción indescriptible... aunque sé que extrañaré mis clases cotidianas. Creo que en México podré encontrar algún espacio académico para continuar con la docencia.

Mi amada Luz María, quería escribirte por aquí que intenté llegar a México varios días antes del 19 de septiembre sabiendo lo difícil que es esa fecha para ti... lo más pude lograr es llegar la noche del 18 de septiembre, volaré justo el lunes 18 por la tarde de Madrid a Nueva York, donde haré una escala un poco apretada para cambiar de avión y llegar a ciudad de México alrededor de las 11 pm.

No encontré vuelo directo por la premura del tiempo en comprar el tickete, lo que juega a mi favor es la diferencia de horario.

Sé que la emoción de esperarme ese día, en nuestro querido espacio del Edificio de las Brujas te hará sentir y afrontar de manera distinta esa terrible fecha para todos los mexicanos y más para ti por todo lo ocurrido hace 32 años...

Ya solo falta una semana para por fin abrazarnos después de 37 años... ¡37 años Luz María! Hemos dejado de abrazarnos durante 37 años... y en mí, cada día estás presente... más de 13 mil días con sus respectivas noches...

Qué maravilla que te agrada la idea del estudio cerca de nuestro hogar... la mudanza de mis libros y algunos objetos que quiero conservar entre muebles, cuadros y antigüedades llegarán a mediados de octubre... seguro antes de que celebremos navidad juntos estarán listos nuestros estudios... y nuestro hogar.

Siento como si de pronto mudara completamente de piel y me inunda una gran motivación como si fuera un adolescente que se escapa de su rutina y zona de confort para conquistar al mundo...

Me emociona profundamente que el próximo libro lo haremos juntos, todo quiero hacerlo ya contigo, quiero pasar cada minuto de lo que resta de mi vida a tu lado, planeando, soñando, creando, viajando, escribiendo, sonriendo, bailando y amándonos...

Al final de tu correo me dices que vivirá alguien más con nosotros, y me imagino que te refieres a intrus@... y quiero que sepas que no tengo ningún problema... habrá espacio para todos tanto físicamente como emocionalmente...

Y si te refieres a Pablito, quien justamente cumple los mismos años que llevamos sin abrazarnos... sería una gran felicidad. Sé que no hay mucho que preguntar o investigar, te confieso que mi ego lastimado pensó en principio que Pablito era hijo de tu vecino Pablo, el hijo de Leonora... y eso me cegó. Pero cuando lo conocí en persona, mi sangre me reveló que Pablito era nuestro hijo.

Escribo esto y no puedo evitar llorar, verás mis lágrimas que sin control se vertieron sobre el papel en que esto te escribo y alcanzaron a diluir la tinta de algunas palabras...

Mi querida Luz María... perdóname por haberme perdido en mi ego tantos momentos importantes, de verdad perdóname... y dame la oportunidad de resarcir ese daño que te hice, que me hice y que me privó de la bendición de estar contigo y ver crecer a nuestro hijo...

Sé que no es momento de conmiserarme sino de mirar adelante con la oportunidad que nos da el universo de cerrar nuestras heridas y entregarnos al amor verdadero, a la abundancia de bendiciones y a disfrutar cada momento de la vida...Gracias por esta oportunidad de ser felices...

Te amo con el amor más profundo y agradecido que jamás haya alguien vivido...

Pablo

DE: Luz María García
ENVIADO: martes septiembre 12 de 2017, 11:03 pm
PARA: Pablo Miranda (mailto: alicanto08@yahoo.com
ASUNTO: Flores silvestres

¡Pablo querido!

He recibido el paquete que me has enviado. A las once de la mañana para ser exactos lo entregaron. Como niña inquieta abrí la caja queriendo ver todo lo que contenía.

Lo primero que vi fue el sobre de la carta con mi nombre escrito a mano. Es lo más cercano que hoy tengo de ti y me aferro a ello, hasta que te pueda ver.

Ahora tengo la carta al lado mío mientras escribo este correo electrónico y aun percibo el olor a café, que también tomabas al escribirla, hay dos gotas plasmadas en las orillas de las hojas. Esa es la belleza de las cartas y yo al igual que tú me aferro a ellas, es un proceso íntimo desde el papel que se utiliza, la pluma, el color de la tinta, en dónde la escribes.

He de confesarte que los timbres de los sobres de las cartas que nos escribíamos cuando te fuiste a España, los escogía, intentando hacer con ellos una historia o algo donde también me percibieras. Estoy segura de que no te percataste de ello, no importa, a fin de cuentas, eran manías mías.

Has hecho también, que comenzara a llorar de emoción al saber que la escribiste con la pluma que te obsequié cuando los dos terminamos la preparatoria. Me acuerdo, que te dije "con esta

pluma me escribirás una dedicatoria de tu primer libro publicado... no fue así, pero esta carta lo compensa todo.

Después, vi las muestras de las telas para las cortinas, todas son
muy hermosas, supongo que las palpaste y notaste que al tacto
parece que tocas papel de seda.

Todas me gustan, pero hay una en especial y es la que tiene pequeños motivos bordados en un color azul casi imperceptible que di-
bujan pequeñas flores silvestres. Esa tela es la que deseo poner en
las ventanas del departamento. Quiero sentir la sensación de ar-
monía y calidez, con todo lo que somos dentro de nuestro mundo.

Hay Pablo, ¿cuántos besos se refugiaron en la melancolía porque
no pude, no quise dártelos?, ¿cuántos abrazos tuyos se perdieron
en la nostalgia?, eso pienso mientras en la cabeza me retumban
los años que hemos estado separados —37, como dices—

Es cuando me lleno de valentía y estoy dispuesta a besarte a
cada momento, tomarte de la mano, refugiarme en tus brazos,
en aquellos en los que me quedaba profundamente dormida en
las tardes también de septiembre, pero de hace más de 30 años,
cuando solo vivíamos el momento.

Me angustia un poco tu agenda y todo lo que todavía tienes que
cerrar y sospecho que estarás muy cansado. Prométeme dos cosas:
que no dejarás de escribirme, ni un día hasta que nos veamos.

¡Ahora que leía y mencionabas la canción de Penélope, ah! no
pude evitar sentir tristeza, la imagen de la mujer esperando al
amor de su vida, al grado de caer en la locura, siempre me ha
parecido muy desolador. Pero no te preocupes, sí te voy a reconocer, la televisión y las notas en los periódicos han ayudado a

ver cómo eres ahora. En realidad, no has cambiado tanto, tu cabello cano es lo que marca el paso del tiempo. En dado caso, tú eres quien no me ha visto en 13 mil días… ¿cómo me imaginas Pablo? Eso me intriga y en ocasiones me despierto en las noches…. un tanto angustiada y entonces viene a mi esa canción que escuchaba de manera incesante antes de que partieras a España.

Ya ves y yo sigo pensando en ti como ave que retornará
ya ves y yo sigo pensando en ti. Ya ves y yo sigo pensando en ti, aunque sepa que después te irás…

Pero bueno, eso debe ir quedando atrás, por eso mejor te confieso que me has hecho reír mucho cuando hablas de Pablito. ¿De dónde nació esa primera idea tuya de que era hijo de Pablo mi vecino? Tuvimos una relación algo singular, yo lo admiraba mucho y pues él solo me pedía uno que otro beso, pero nada más. Él, además, es mucho mayor que yo. Estoy segura, que tú has coincidido con él, en alguna de sus exposiciones en Europa.

Ya que hablamos de mí… a nuestro hijo, le he contado la gran historia en la que tú y yo somos protagonistas. Se quedó tan serio al principio, pero no molesto, sino intrigado. Al final, me abrazó y dijo que está feliz por los dos, que habrá tiempo de reunirnos los tres. Ha decidido también, no regresar a España hasta mediados de octubre. Eso me ha caído muy bien porque aún tengo que sacar algunas cajas del departamento donde vivo. Sé que no hay prisa, porque la fecha de entrega, como te dije es hasta el 30 de septiembre.

Oye Pablo, cuando te comentaba que alguien más que viviría con nosotros, no me refería a intrus@. Simplemente te hablo de una curiosa y necia gata siamés de nombre Simona, es mi mayor compañia desde hace cinco años, sobre todo en las idas y venidas al hospital, ella siempre me espera. Espero no seas alérgico. Qué cosas tan banales vengo a decirte hoy.

Hay algo más que quiero te lleves en estos días de viaje que tendrás y es que vayamos pensando en el nombre del libro, de nuestro libro. La editorial, me ha preguntado y no he sabido que responder. Están muy emocionados por tu regreso definitivo a México.

Pablo, no me pidas más perdón, no quiero que nada de lo que omitimos, dijimos o no hicimos empañe este nuevo camino.

Te amo Pablo, con la extensión y fuerza de cada una de las palabras que hemos escrito por tanto años, en tantas cartas...

Buen viaje...

FROM: Pablo Miranda
SENT: miércoles septiembre 13, 08:30 hrs
TO: Luz María (mailto: avefenix@hotmail.com)
SUBJECT: RE: Flores silvestres

Mi Luz María,

Sentí que había muchos temas en mi carta. El que más me inquietaba era el de Pablito. Al leerte que ya habías hablado con él me dieron unas ganas enormes de abrazarle. La vez que coincidí le di un abrazo tan fuerte que, seguro se desconcertó. Me emociona saber que estará estos días en México y que te está ayudando con la mudanza de tu departamento.

Ve con calma, sugiero que lleves solo las cosas básicas al edificio de las brujas, poco a poco iremos juntos haciendo las cosas pendientes, tendremos casi dos semanas antes de que lo entregues. Ojalá en ese tiempo podamos ya tener la casa para nuestros estudios.

Parece que es fácil, pero empacar un hogar que nos ha albergado tanto tiempo es una tarea ardua, no solo físicamente sino emocionalmente. Siento que con la adrenalina de estar contigo no he tenido tiempo de experimentar el duelo que significa una mudanza. Muchas cosas las he empacado sin revisar bien que son con la idea de que en otro momento iré a la bodega donde se quedarán para hacer la selección y desechos correspondientes.

Me siento en un tobogán de emociones que cada vez adquiere más velocidad. Siento que, por fin esta frente a mí, frente a nosotros la felicidad plena que al menos yo, me he negado por tanto tiempo. ¡Gracias por estas sensaciones mi querida Luz María!

He de confesarte que moría de curiosidad por saber cuál gasa para las cortinas elegirías y la que me dices es también de mis favoritas.

Estuve checando por internet el rastreo de la entrega del paquete y vi que lo recibiste justo antes del mediodía.

Me acabo de dar cuenta que el email del lunes 11 salió a las 11:11, es parte de la fecha de tu cumpleaños y lo tomo como un buen augurio.

Iré hoy mismo a comprarlas para no arriesgar, ya que mañana viajo a primera hora a Paris y no creo regresar a tiempo el sábado para alcanzarla abierta.

¿Hay algo en especial que quisieras de Paris?

Qué maravilla que ya te comunicaras con la editorial y estés en contacto con ellos, ¿te comentaron a quienes quieren invitar a la recepción? Las invitaciones seguro pueden imprimirlas en un par de horas y el sello también. Así que me imagino que antes del fin de semana estarán enviadas. Yo creo que sería bueno que se les pidiera confirmación de asistencia antes del lunes 18, ¿no crees?

¿Qué opinas de hacer la recepción en Casa Lamm?, recuerdo con mucha emoción sus jardines y, además, es un sitio emblemático de nuestra querida Colonia Roma y de la cultura en general, lo es para ti y para mí. ¿Recuerdas el primer beso ahí?

En cuanto al título de nuestro libro no he pensado mucho, quizá sería lindo algo que evoque nuestra pasión por la comunicación epistolar. ¿Qué te parece "Cartas en el buzón"?

Te mando un beso tierno y amoroso,
Pablo

DE: Luz María García
ENVIADO: miércoles septiembre 13 de 2017, 02:03 pm
PARA Luz María (mailto: alicanto08@yahoo.com
ASUNTO:

Pablo,

Te respondo esperando que puedas leer este correo antes de que vayas a dormir.

Entiendo que quieras hablar de muchos temas, sé que se entrelazan los cotidianos con lo inmediatos, con los que duelen también y los que tienen que ver de manera íntima con nosotros. A mí me ocurre igual, por eso se mezclan temas como el de las telas para las cortinas, las invitaciones, con los miedos que puedo tener, con las preguntas que te voy haciendo con cierto sigilo esperando que las respondas antes de vernos, porque son importantes para mí.

De manera particular te puedo decir, que Pablito siempre ha tenido admiración por ti. Ha leído cada uno de tus libros. Él jamás de manera abierta me preguntó quién era su papá, nunca caímos en esos escenarios comunes. Desde muy pequeño entendió que éramos él y yo y nada más.

Pero tampoco le pedí el que tuviese que quedarse conmigo para "cuidarme", por eso se fue a estudiar a España sin ningún remordimiento. Yo siempre he sido muy feliz al ver que ha hecho lo que quiere. Eso sí, le pido que me hable una vez por semana para contarme cómo está. Creo que, a partir de tu llegada a México, tú y yo esperaremos juntos su llamada.

Ahora que hablas de tu viaje a París, me gustaría que fueras a un lugar que conocí hace algunos años, es la librería *Shakespeare & Company*, no tienes idea cómo le insistí a nuestro hijo que la visitáramos; creo que no es ajeno el lugar para ti, ya que es muy conocido, porque ahí, se reunían escritores como Ezra Pound, Ernest Hemingway, James Joyce y Ford Madox Ford. El lugar me parece extraordinario, al entrar me encantó ver esos enormes macetones con plantas naturales de un verde intenso. Y estoy segura, de que te detendrás en frente de los escalones pintados en tonos rojizos a leer la frase que me impactó y no entiendo aun bien porqué: Live for humanity.

No tienes idea que feliz fui durante esas horas, ahí almorzamos. Todo el lugar huele a granos de café. Está de más decirte, que salí con más de dos bolsas de llenas de libros, como niña con dulces. Entre esos libros venía uno tuyo, uno pequeñito con pasta dura color rojo cenizo. Al parecer un capricho tuyo de publicar los poemas que escribiste en tu adolescencia y, que todos me los sé de memoria.

Deseo que escojas el libro que te recuerde a mí, no importa quién lo haya escrito, ni en qué idioma este y una vez que lo tengas contigo te tomes un café en algún sitio que tenga una de esas antiguas consolas en que programas las canciones y escuches tres veces "Non, Je Ne Regrette Rien" con Edith Piaff y pienses que estoy ahí dedicándotela... la primera imaginame sentada en la mesa frente a ti mirándote a los ojos...

Non, rien de rien
Non, je ne regrette rien
Ni le bien qu›on m›a fait
Ni le mal, tout ça m›est bien égal!

Non, rien de rien
Non, je ne regrette rien
C'est payé, balayé, oublié
Je m'en fous du passé!

Avec mes souvenirs
J'ai allumé le feu
Mes chagrins, mes plaisirs
Je n'ai plus besoin d'eux!

Balayé les amours
Avec leurs trémolos
Balayés pour toujours
Je repars à zéro

Non, rien de rien
Non, je ne regrette rien
Ni le bien qu'on m'a fait
Ni le mal, tout ça m'est bien égal!

Non, rien de rien
Non, je ne regrette rien
Car ma vie, car mes joies
Aujourd'hui, ça commence avec toi!

la segunda comenzaré a cantártela, aunque te de pena con los comensales vecinos traduciéndotela

No, nada de nada
No, no me arrepiento de nada
Ni el bien que me han hecho
Ni el mal, ¡todo eso me da igual!

169

No, nada de nada
No, no lamento nada
Eso está pagado, barrido, olvidado,
¡No me importa el pasado!

Con mis recuerdos
He encendido el fuego
Mis penas, mis placeres,
¡Ya no los necesito!

Barridos los amores
Y todos sus temblores
Barridos para siempre
Yo vuelvo a empezar de cero

No, nada de nada
No, no me arrepiento de nada
Ni el bien que me han hecho
Ni el mal ¡todo eso me da igual!

No, nada de nada
No, no lamento nada
Porque mi vida, porque mis alegrías,
¡Hoy todo comienza contigo!

Y la tercera vez que la escuches imagíname bailándola a tu alrededor y tomándote de la mano para bailarla juntos por todo París...

¡Qué locuras las mías, yo lo sé! Pero me hará muy feliz saber que dedicarás el tiempo para cumplir lo que te pido.

¡Ah! Antes de que lo olvidé, la editorial me ha ayudado a encontrar un diseñador y a la vez un impresor; parte de la tarde de hoy, estuve hablando con ellos y creo entendieron exactamente lo que deseamos y me prometieron tenerlas de manera inmediata. En lo que si me he tardado más, es en la lista de invitados. Me han dicho que yo en tu representación tengo que dar el visto bueno. Así que con mi criterio escogí a 50 personas del mundo cultural. Entre ellas a Elena Poniatowska, me gustaría ese día tener la oportunidad de platicar con ella un poco de nuestra amiga en común, Leonora.

También, están escritores que sé son cercanos a ti. Pero verás los nombres que decidí en un archivo adjunto. Si puedes decirme si estás de acuerdo, me sentiría más tranquila.

Pablo no te he contado, pero hace algunos años en mi búsqueda por temas relacionados con la comunicación epistolar, vi que en el Antiguo Colegio de San IIdefonso, se presentaría un libro de un sobre el tema.

Tenía muy en claro quién era la autora, pues en años anteriores había leído su libro Nuhui Olin, el cual me cautivó. Hablo de Adriana Malvido, una escritora y periodista cultural, que seguramente tú conoces.

Así que cuando vi el libro que presentaría, no pude evitar asistir. El libro es simplemente maravilloso, ahora que te escribo lo tengo aquí conmigo, se llama El Joven Orozco, cartas de amor a una niña. ¡Imagínate, Pablo!, la correspondencia de una niña de doce años con José Clemente Orozco quien contaba con 23 años.

Es como tener un tesoro en las manos, porque además, posee dibujos hecho a mano por el muralista. Cuando me tocó el turno para que me dedicara su libro, platicamos por unos minutos, en ese tiempo le compartí que yo era profesora de literatura y que lamentaba mucho que mis alumnos no valorarán la comunicación epistolar.

Ella me escuchó muy atenta y como bien me conoces, no pude evitar invitarla a tener una conversación con mis alumnos. Me asombré tanto de que aceptara. Ella me dio su correo electrónico para que yo le contara los detalles. No tienes idea de lo que provocó en mis alumnos la plática con ella.

Ahí nació una amistad con Adriana, no nos vemos tan seguido por su agenda, pero curiosamente nos escribimos por correo y tomamos la manía de mandarnos cartas vía correo convencional. Sí, ya sé que dirás que cómo si estamos en la misma ciudad, pero no puedes negar la emoción qué se siente recibir correspondencia en estos tiempos, que no sean recordatorios de pago. A ella también la invitaré a la recepción.

Pablo, me gustó mucho la idea de que tu bienvenida sea en Casa Lamm, mañana tengo una cita con ellos. He pensado también, de pronto que sería maravilloso que dieras clases, a nivel maestría o doctorado, estoy segura de que tenerte como docente a los directivos del sitio les agradaría mucho.

Lo que quiero que sepas es que voy a ayudarte a sentirte lo más cómodo en tu regreso a México. Hay todavía varios detalles que tenemos, como lo que me pondré ese día y qué también tú usarás.

¿Está mal que me detenga en esos detalles?, una parte de mí, me dice que exagero en ellos, pero la realidad es que deseo que todo sea perfecto, como bien dices, nos lo merecemos.

Por último y para que ya vayas a dormir, el título del libro me gustaría que fuera en tono de interrogación, para darle un toque de misterio *¿Hay carta en tu buzón?* Dime qué opinas.

Me despido, esperando sueñes conmigo.

Con amor infinito,

Luz María

DE: Pablo Miranda
ENVIADO: jueves, septiembre 14, 03: 27 hrs.
PARA: Luz María (mailto: avefenix@hotmail.com
ASUNTO: RE:

Luz María, mi querida Luz María...

Me hace muy feliz leer que Pablito me admira, eso me coloca en una posición favorable para conquistar su amor y cariño e intentar reponer los años de ausencia que hemos tenido. Sé que es casi imposible reponer 37 años, pero me encantará aprovechar ahora cada minuto, cada segundo que podamos convivir con él y construir una estrecha relación familiar.

¡Tantas cosas por hacer mi querida Luz María! ¿Y si comenzamos a planear un viaje juntos los tres? ¡Eso sería extraordinario! Antes de que Pablito regrese a España podríamos escaparnos para visitar algunos lugares de mi amado México. Podríamos invitar también a intrus@. ¿Por fin me dirás su verdadero nombre? Ya le he asumido como parte de nuestra historia y aun no sé quién es. Hace mucho que no le mencionas ni recibo sus emails, ¿todo bien?

Por otro lado, curiosamente todas tus últimas cartas (ahora en forma de email) les has puesto título y a tu ultimo email, no.

Creo que una de las aportaciones a la cultura epistolar moderna del correo electrónico es la oportunidad de poner un título al mismo, aunque sea en forma de "subject".

¿Te imaginas cómo hubiera sido si a nuestras cartas escritas primero a mano y después en máquina de escribir, al meterlas en un

174

sobre y cerrarlas, ponerles afuera un título? Eso hubiera sido muy emocionante y hasta cierto punto vouyerista. Ya me imagino a todo el personal de los servicios postales leyendo los títulos de las cartas en los sobres.

Sería un gran ejercicio titular cada una de las cartas que nos enviamos cuando adolescentes en los años 70´s siempre escritas a mano y hasta con dibujitos y luego las que nos enviamos recién llegado a España, bueno, unos meses después, fue el 6 de enero de 1981 cuando recibí tu primera carta. Lo tengo tan presente. Y nunca respondiste a mi carta enviada a principios de septiembre de 1985. ¿La recibiste?, ¿la tendrás contigo aún? ¡Hay tanto de nuestra historia en esas cartas!

Me obsesioné con este tema y cuando empacaba puse especial atención a guardar tus cartas en mi equipaje. Fue lo primero que ocupó un sitio entre las cosas que irán conmigo a México a mi nueva historia, nuestra historia, la consumación de nuestra felicidad. Aunque mañana viajo temprano a Paris, no podía conciliar el sueño y decidí organizalras para que formen parte de nuestro libro.

Te envío una de ellas adjunta a este correo electrónico con la petición amorosa de que me envíes por este medio alguna de las que tienen mías, solo me enviaste una de 1981 en mi cumpleaños... quiero leer todas para revivir nuestra historia y valorar aún más la oportunidad de estar contigo por lo que resta de nuestras vidas... en este momento tú eres la única razón de mi existencia y no pienso volverme a equivocar.

Claro que iré a la librería *Shakespeare & Company*, siempre es paso obligado por mí en Paris. ¿En cuántos lugares habremos estado en momentos diferentes?, ¿Cuántos de esos momentos podrían haber cambiado nuestro rumbo si hubiéramos coincidido?

Debo confesarte, querida Luz, que he viajado varias veces a México en plan de incógnito a resolver algunos temas familiares y de documentos. He recorrido muchos de los lugares que sé que te gustaban con la esperanza de pillarte por ahí, casualmente. Joder, cuanto valor me faltaba para buscarte decididamente y luchar por ti. No preguntaba nada por temor a recibir respuestas que me derrumbaran, así que vivía a medias protegido emocionalmente.

La primera vez que viajé a México fui a la calle de Chihuahua a buscar la dirección donde vivías y fue un shock terrible ver el edificio colapsado. Me puse muy mal ese día y tuve que ir al hospital. Perdóname por no haberte buscado antes ni confesado estas visitas.

Al escanear las cartas me surgió la necesidad de sincerarme totalmente contigo, a no tener ninguna barrera y a abandonar el miedo a sentirme vulnerable... creo que al fin entendí que el único camino al verdadero amor es que ambas partes se tornen vulnerables frente al otro. Te amo profundamente Luz María y con el envío adjunto de todas las cartas que me escribiste desde que nos conocimos, sello mi voluntad de compartir todo contigo.

Me encanta tu sugerencia de agregarle al título de nuestro libro la interrogación *¿hay carta en tu buzón?* Suena atractivo, misterioso. Encierra en sí mismo muchas cosas, la melancolía por la ya casi desaparecida, o al menos en vías de extinción, cultura epistolar. *¿Hay carta en tu buzón?* También, me transmite el cuestionamiento de si alguien piensa en ti, si alguien te escribe, si alguien te ama...

Lo inusitado es que ahora se acostumbra a decirle buzón también a la bandeja de entrada de los correos electrónicos, así que aplica perfectamente para las nuevas generaciones. Presiento que nuestro libro "¿hay carta en tu buzón?" Será un detonante para revitalizar la costumbre de escribir cartas, y desnudarnos a través de las letras, de las frases meditadas y reescritas, de los subtextos y las entrelíneas. Ya quiero juntar mis cartas con las tuyas, mis manos con las tuyas, mis labios con los tuyos y en un abrazo eterno entregarnos por completo a nuestro amor.

Pablo

P.D. Ya compré las gasas para las cortinas y un par de sorpresas que te van a flipar.

México Distrito Federal, a 15 de enero de 1981

Querido Pablo,

Te leo y lo que me dices no tiene nada que ver con lo que demostraste la última vez que nos vimos. Tenías la misma prisa que yo. Me asombra mucho leerte así.

Ahora noto la gran diferencia entre lo que decimos en los momentos en que nos sentimos desprotegidos. Inevitablemente lo ocultamos entre nuestras ropas, no dejamos salir nada que demuestre nuestro dolor o nuestro coraje. Dime, ¿tú qué sentías?

Aun así, intenté llamarte esa tarde. Pero sabía que me respondería tú mamá o Mónica... no tenía ánimos de saludar a ninguna de las dos. Pensé que igual y tendría la suerte de que tú tomaras el teléfono, pero, ¿qué te hubiera dicho?... que no te fueras o que sí...

Porque en realidad lo que más me lastimó fue tu lejanía, parecía algo tan natural, que no merecía un reproche de mi parte... solamente de imaginar tus palabras amables, pero a la vez secas, el enojo se acumula en mí. Yo sé que hubieras apresurado la despedida y así terminar la llamada, dejándome con un cúmulo de emociones.

Sabes bien que las palabras no salen de mí tan fácil y que necesito un tiempo... pero dudo mucho que tú hubieras estado dispuesto a dármelo.

Por eso la enorme necesidad de escribirte.

Ahora te leo y te imagino en cualquier banca del parque que me dices. A partir de tu ida a España, yo hago lo mismo en el parque del edificio de Río de Janeiro... tomo distancia, siempre decido sentarme en un punto donde pueda mirar el balcón... las ventanas es-

178

tán cerradas y las cortinas no me dejan mirar nada de su interior. Cierro los ojos y solo veo el piano.

No me he atrevido a volver a entrar, aun cuando tengo el duplicado de la llave, pero me da miedo desplomarme. Me he encontrado a varios inquilinos y con cierto aire de curiosidad, al reconocerme me sonríen. Son los testigos pasivos...

Hay algo que te comparto, he decidido aceptar la propuesta de impartir clases a nivel primaria. Por lo pronto seré suplente de una maestra que se encuentra de incapacidad. Ya me entregaron el plan de estudios y todo está vinculado más con la ciencia.

Sin embargo, hay un apartado donde puedo proponer temas y creo que anotaré la lectura en voz alta, sobre todo de poesía y haré trampa... voy a intercalar de lo que tú y yo juntos escribíamos.

Aquí en México la vida sigue su mismo ritmo, lo único que ha cambiado y que solamente yo noto, es que tú ya no estás.

Pablo... he decidido vivir sola, por lo menos a una casa de donde viven mis padres.

El lugar es pequeño, solo dos habitaciones, cocina pequeña y una estancia reducida...

Solamente deseo algo en este momento, que no se extinga tu recuerdo, que jamás deje de quererte, que tus palabras en tus cartas me mantengan cerca de ti.

Con amor,

Luz María

DE: Luz María García

ENVIADO: jueves, septiembre 14 de 2017, 09: 27 pm

PARA: Pablo Miranda (mailto: alicantoo8@yahoo.com

ASUNTO: La voz de las olas

Pablo...

Me has dejado sin habla. Sin saber exactamente qué tengo que responder. Me doy cuenta de que dejamos que los silencios se apoderaran de nosotros en tantos momentos, en tantos espacios. Mis ojos se han llenado de lágrimas, fue inevitable. La razón es que añoraba mucho que de la nada, aparecieras en esas horas eternas y dolorosas cuando la Ciudad de México se desplomó en el sismo del 85.

Fueron en esos días, en esos meses cuando de pronto dejamos de escribirnos. Hay varias cartas, que no llegaron contigo, no porque las guardara en un cajón arrepentida de escribirlas, sino porque no pude mandarlas, todavía las conservo.

Esos tiempos fueron lo más caóticos en mi vida y en la de miles mexicanos que vimos nuestras casas derrumbadas, nuestro futuro destrozado. El poder de nuevo levantarnos no fue fácil. Yo tuve que pedir varios préstamos bancarios y tener jornadas completas de clases para poder solventar muchos gastos. Y en dado caso, eso era lo menos importante, lo que yo quería era encontrarte en los lugares donde caminamos muchas veces. Pero sabía que solo eran ilusiones mías. Ahora sé, que sí pudo ser posible.

Dime Pablo, si nos hubiéramos encontrado en tus viajes fugaces a México o en los que yo hice con nuestro hijo a España y otros

180

países que estoy segura, frecuentabas, ¿cómo hubieras reaccionado? Estoy segura de que yo, hubiera derramado enormes lágrimas en forma de cuentas tornasoles y te hubiera abrazado de manera infinita.

Muy probablemente, cuando haya pasado algunas semanas tú y yo nos podamos decir todo lo que sentimos en esos años, seguramente sea un momento de total catarsis, pero creo es importante que ocurra. Yo no podré escudarme en el silencio y la indiferencia y tú no podrás cobijarte en tu ego.

Perdón Pablo, por decirte todo esto, pero al igual que tú, deseo expresarte todo lo que siento. Sé que esta sensación pasará con los días, mi amor por ti es inmenso.

Ahora lo que debemos hacer, es que nuestros planes se realicen y eso, requiere que no me atrase con todos los preparativos. Te tengo buenas noticias, en Casa Lamm sí podremos hacer la recepción por tu llegada y por nuestro encuentro. Es en un salón pequeño, pero que tiene vista a sus jardines, los cuales como bien sabes, son hermosos.

He escogido ya el mobiliario y me ha encantado que las sillas llevarán un ramillete de tulipanes de color naranja cobrizo, de tallos largos con el detalle de un listón satinado en color azul; los centros de mesa no serán ostentosos, sino pequeñas vasijas de cristal con flores silvestres y diminutas de color blanco. También he escogido el vino, espero que estés de acuerdo con lo que elegí, quise que tanto el blanco como el tinto fueran de viñedos españoles.

¡Sobre nuestro libro!, el día de mañana le comunicaré a la editorial la decisión del título. Me han preguntado también por la portada. No sé qué responderles, pienso en imágenes de buzones de todas las épocas, o de sobres y postales, pero no lo sé, porque no quiero que caigamos en lo común. Así que, si tienes ideas al respecto, lo podremos decidir pronto. Pero, además, me han comunicado que desean hacer varias presentaciones donde se interactúe con los invitados, para que quien lo desee, también cuente lo importante que es para ellos la comunicación epistolar.

Sí, Pablo, tengo todas tus cartas. He leído algunas de nuevo y me ruborizo un poco al pensar en lo que me dices, sobre suponer que hubiesen llevado un título cada una de ellas y que el servicio postal las hubiera leído, ¡magina! había tanto que no nos atrevimos a confesar en persona y por medio de ellas sí lo hicimos, algunos de los títulos serían muy sugerentes y provocativos.

¿Sabes algo?, me gustaría que también, releyéramos nuestra correspondencia, esta vez mirándonos a los ojos. Aunque sé que en muchas había enojo de mi parte, prometo suplir esas líneas con un beso.

¡Sí, Pablo! planeemos un viaje por México. Vayamos al mar, caminemos a la orilla de él, que nos arrulle la voz de sus olas.

Me has preguntado por Intrus@, no te preocupes, sigue cerca de mí, sin embargo, también comienza a tomar su camino, creo lo merece. Yo le agradezco tanto su lealtad durante todos estos años.

Te beso,

Luz María

P.D. ¡Ah! Te envío una carta muy linda que encontré de 1977. Donde me compartes tu afición a la filatelia. Disfrútala.

FROM: Pablo Miranda
SENT: sábado, septiembre 16, 02:50 hrs.
TO: Luz María (mailto: avefenix@hotmail.com)
SUBJECT: RE: la voz de las olas

Imaginaba tu reacción al confesarte esos pequeños viajes, pero quería decirlo antes de nuestro reencuentro mi querida Luz María.

No hablé de fechas, solo te diré que ninguno fue antes del cambio de milenio, habían pasado más de 15 años de silencio entre nosotros. Pero dejemos el tema ahí y no empañemos el cristal de nuestro presente. Sé que tendremos nuestros momentos catárticos, los necesitamos, los merecemos... habrá que realizar nuestra expiación de emociones tóxicas para que solo quede entre nosotros lo diáfano de un amor correspondido.

Ayer fue un día largo, como me desvelé enviando las cartas y no podía evitar detenerme en algunas a releer, me he olvidado de poner la alarma y casi pierdo el vuelo a Paris, eso me causó mucha tensión en pensar que ya no tendría oportunidad de reponer los compromisos en caso de no poder abordar el avión. Es un estrés que me persigue siempre y no escarmiento, pues continúo viviendo al límite en los horarios para llegar.

Afortunadamente abordé en el último momento y llegué a Paris. Ya me esperaban de parte de la Sorbona para llevarme a hospedar y de inmediato a la clase magistral y a unas entrevistas.

Terminando los compromisos académicos de hoy mi editor me llevó a la celebración del 15 de septiembre en la embajada de México en Paris... muy animada y concurrida. No pude conectarme en todo el día para escribirte, tuve que esperar a llegar al hotel y conectar al internet mi ordenador portátil.

¡Me motiva mucho leerte feliz con los preparativos de la recepción de bienvenida! Estupendo que pueda ser en Casa Lamm y lo que has decidido de decoración y vino me parece fabuloso. Elige todo lo que a ti te haga sentirte bien.

En cuanto a los invitados, qué maravilla que tengas considerada a Elenita, me encantará verla ahí. A mí me gustaría agregar algunos nombres a la lista que me adjuntaste, te la reenvió.

Cuando leí que aceptabas mi propuesta de viajar por México y sugerías ir a la playa se me hizo un nudo en la garganta, porque esta noche coincidí en la recepción en la Embajada con un grupete de empresarios turísticos mexicanos que vinieron a una convención y al comentarles de mi regreso a México me han obsequiado un viaje a Puerto Vallarta, un directivo de Aeroméxico en ese momento le envío un whatsapp a su asistente para que reservara los vuelos y sin quedarse atrás, el gerente de la cadena Melia, reservó el fin de semana del 30 de septiembre, así que ya nos espera el mar pacífico, nuestro cómplice y testigo, para recordar nuestro viaje de graduación de la prepa... pedí que agregaran en la invitación a nuestro hijo, primera vez que lo menciono públicamente y cuya noticia sorprendió a mis interlocutores y de inmediato brindaron por él y por nosotros.

Gracias por el envío de la carta mi querida Luz María, disfrute mucho recordar mi afición a coleccionar estampillas, ya desde entonces se patentaba mi amor por la correspondencia. Curiosamente en la revisión de mis cartas, encontré tu respuesta. De inmediato vino la imagen de la fiesta de mi cumpleaños y tú ahí en ella, dándole otro color a ese día, a mi vida entera. Te dejo al final de esta carta la fotografía de ella.

Te comparto que me preocupa la conexión que tengo en Nueva York, la siento muy ajustada, pero sé que eso se debe a mi obsesión con los tiempos en los vuelos, mi terapeuta dice que es un TOC, pero yo creo que ahora se ha puesto de moda con la película y a toda manía le llaman Trastorno Obsesivo Compulsivo. Pero no es momento de pensar en eso.

Por lo que me dices de la portada, podríamos decidirlo una vez que esté terminado el libro... ahora no se me ocurre nada, bueno, es que como te lo he dicho, soy malo tanto para los títulos como para las portadas... preguntémosle al mar y que nos responda la voz de las olas.

Con emoción antigua y renovada,

Pablo

P.D. Este *post scriptum* me brotó como un relámpago que electrizó mi mente, mi corazón y toda mi piel, por eso no puedo evitar escribirlo para preguntarte, de manera poco convencional, pero con la más pura convicción y necesidad vital de hacerlo, Luz María, ¿quieres casarte conmigo?

México D.F a miércoles
03 de agosto de 1977
Sanborns de los "Azulejos"

¡Hola Luz María!

¿Cómo van tus vacaciones? Espero que muy bien.

Yo estoy muy contento, mi papá me regaló para mi cumpleaños que es en dos semanas, ¿qué crees? ¡Un album para coleccionar estampillas postales! Me emocionó mucho y hoy venimos al Palacio Postal a un día muy especial que se llama "Primer día de emisión" y es porque hoy sale un timbre nuevo y hacen una ceremonia especial y un sello conmemorativo que sólo se pone el día de hoy.

Compré muchos timbres y varios sobres, donde puse el timbre de hoy y me formé para que pusieran el sello de hoy.

Quise escribirte esta carta para contarte, mientras espero a que mi papá termine una reunión. Estuvimos en el Sanborns de los Azulejos que está a una cuadra del Palacio Postal. No conocía ese edificio tan bonito.

¿Lo conoces? tenemos que venir juntos, ya es mi favorito, te envío esta carta desde ahí. Ojalá que la gente escribiera más, me dice el empleado de la ventanilla que se está perdiendo la "cultura epistolar". ¡Nosotros tenemos que defenderla! Deberíamos organizar algo para que las personas escriban más cartas por correo postal y desde este Palacio de correo.

Pablo

PD: ¿Vienes a mi fiesta de cumpleaños el 18?
¡Ojalá que llegue la carta antes!

México Distrito Federal,
10 de agosto 1977

¡Hola Pablo!

Estoy todavía muy nerviosa, tu carta me emocionó mucho... tengo que decirte que sentí mariposas en el estómago... además de las cartas de mis primas nadie más me escribe por correo. Tampoco me imaginé que te acordarías de mí en vacaciones.

Creí que seguiríamos escribiéndonos cuando regresáramos a la escuela dejando los sobres en las bancas del salón. Mi mamá ya me preguntó, sobre quién me escribe, le dije que somos compañeros de clase y que nos llevamos muy bien, ya que nos gustan las mismas clases de español y literatura.

¡Claro que conozco en Palacio Postal! no te había dicho pero mi papá es contador y las oficinas de la empresa están en la Torre Latinoamericana. Además, mi mamá cada 15 días va a dejar las cartas que le escribe a mis tías, y yo siempre la acompaño.

¿Sabes? Siempre que veo las gárgolas y dragones del Palacio Postal, pienso que son seres de cuentos de hadas que nos protegen. Lo que más me gusta es observar a las personas, cómo escogen sus sobres, cómo escriben sus cartas. Hace poco vi como una señora colocaba los pétalos de varias flores en un sobre, de sus ojos brotaban lágrimas. Me acuerdo que que inventé una historia, que un día te contaré. Y es que cuando escribes una carta, en muchas ocasiones expresas más de esta forma. Así me pasa contigo cuando te escribo.

¡Oye! Se me ocurre hacer una propuesta en la clase de literatura, para que todos se interesen en comunicarse por medio de un lenguaje como es escribir una carta.

¡Sí, claro que voy a tu fiesta! Sólo tendrías que pedirle permiso a mis papás. Ya pensé en tu regalo, estoy segura que te va a gustar mucho.

Pd. Cuando vayas por más estampillas quiero ir contigo, y después podemos ir a San Juan de Letrán por libros.

Liz

187

DE: Luz María García
ENVIADO: sábado, septiembre 16 de 2017, 10:26 pm
PARA: Pablo Miranda (mailto: alicantoo8@yahoo.com
ASUNTO: ...el color de tu nombre

Pablo...

He tardado en responderte, coincidió que terminé de leer el correo electrónico cuando nuestro hijo había llegado por mí, quiso que lo acompañara a la noche mexicana en el Gran Hotel Ciudad de México. No pude negarme a ello. Él sabe que casi no me gustan los lugares con mucha gente, siempre he preferido las reuniones con pocas personas, pero lo noté tan entusiasmado, que accedí.

En el trayecto, comenzó a hablar de ti y de tus libros. Aun no se atreve a llamarte "papá", sino te dice por tu nombre "Pablo", creo es cuestión de tiempo, de convivencia. Le he dicho que deseamos que vaya con nosotros a un viaje a Puerto Vallarta, entusiasmado me preguntó por las fechas y de inmediato lo agendó.

No puedo evitar sentirme nerviosa y extraña. Yo misma no me reconozco, disfruté tanto estar con Pablito. No sé cansó en decirles a sus amigos que pronto publicaríamos tú y yo un libro, provocó que me sonrojara de tantos halagos recibidos. Te mando una foto que nos tomaron... la miro y solo faltas tú en ella.

He estado parte del día en nuestro departamento, tenía que resolver detalles que parecieran poco importantes, pero que, si no se encuentran listos, no funcionan las cosas comunes de un hogar, como el acomodar vajillas, manteles, utensilios de cocina.

La lluvia ha provocado que se sienta un poco más de frio por las noches, así que puse una frazada más en nuestra habitación. He colocado también, una lámpara de lectura para ti, desconozco si tienes la costumbre de leer antes de dormir, pero lo creí conveniente. Aproveché bien el día festivo porque pude traer conmigo varias cajas del departamento donde vivo. Me desespero porque quisiera terminar todo antes de tu llegada, haré todo lo posible para que sean mínimas las cosas que nos falten de trasladar.

Pablo, me abruma todo lo que tienes que resolver... también, me doy cuenta de que no has cambiado en nada en temas de horarios. Así te recuerdo desde que estudiábamos la preparatoria. Siempre decías que los tiempos para entregar los trabajos escolares los tenías plenamente programados, y en la mayoría de las ocasiones llegabas el día límite de entrega con los profesores. Así que no me extraña nada lo que me dices y hasta me provoca risa leerte.

Aunque al mismo tiempo, cierta zozobra, porque algo suceda con un vuelo... pero prefiero no pensar en ello.

¿Sabes?, he estado por vario tiempo sentada en el balcón, mirando todo lo que sucede en la calle mientras escucho el LP de Pablo Milanés que me obsequiaste en 1977 "La vida no vale nada"... sí, ya sé lo que piensas, aun lo conservo y conseguí una consola antigua que ya coloqué en la sala para que juntos escuchemos esos discos de trova que tanto nos gustaba en nuestra época preparatoriana... no puedo evitar tararearla cerrando los ojos...

Muchas veces te dije que antes de hacerlo había que pensarlo muy
bien que a esta unión de nosotros le hacía carne y deseo también
Que no bastaba que me entendieras y que murieras por mi
Que no bastaba que en mis fracasos yo me refugiara en ti

Y ahora ves lo que paso al fin nació
Al pasar de los años el tremendo cansancio que provoco ya en ti
Y aunque es penoso lo tienes que decir.
Por mi parte esperaba que un día el tiempo se hiciera cargo del fin

Si así no hubiera sido yo habría seguido jugando a hacerte feliz
Y aunque el llanto es amargo piensa en los años que tienes para vivir
Que mi dolor no es menos y lo peor es que ya no puedo sentir
Y ahora tratar de conquistar con vano afán este tiempo perdido que
nos deja vencidos sin poder conocer
Eso que llaman amor para vivir... para vivir.

Ha dejado de llover y repentinamente el cielo está completamente despejado, varios vecinos han salido con sus hijos a jugar y a pasear a sus perros. Pero a mí solo me da vueltas la pregunta que me hiciste, la maravillosa propuesta que leí en las últimas líneas de tu correo.

Y sin pedirlo vienen como torbellinos todas las imágenes que tengo de ti, si hago un gran esfuerzo puedo escuchar tu voz cuando nos despedimos antes de que te fueras a España, al mismo tiempo puedo percibir tus manos abrazando mi espalda desnuda e irremediablemente las lágrimas brotan.

¡Eso que llaman amor para vivir! ¡Para vivir Pablo! Estoy llorando, no sé si de emoción o de nostalgia o de miedo o de felicidad o una mezcla de todo.

Es un sentimiento que no puedo todavía descifrar. Pero si hay una pregunta o muchas.... que deseo que respondas a partir de la fotografía que te mando ¿deseas vivir con la mujer que ves en ella, deseas dormir y despertar, malabarear con sus manías, y también porque no... con sus silencios, miedos, con el llanto guardado en su memoria, además, de sus malestares físicos, de los cuáles intrus@ te informo siempre?

Pablo no quiero que la emoción nos ciegue, porque vivir juntos es distinto a casarnos.

No, no pienses que dudo en vivir contigo, pero quise hacer un alto en donde reflexionemos los dos. Yo lo he hecho haciéndome las mismas preguntas pensando en ti.

E independientemente de lo que me puedas confesar, te respondo que lo único que percibo al cerrar los ojos es la textura de tu voz y no imagino que nuestros nombres sean de nuevo sinónimo de lejanía. Así que respondo a tu petición plenamente convencida. Sí, Pablo, acepto casarme contigo.

Con amor de toda una vida,

Luz María

P.S. Me he sorprendido al volverme a leer. Mira cuánta imaginación tenía que veía a las gárgolas como guardianes del Palacio Postal.

FROM: Pablo Miranda
SENT: domingo, septiembre 17, 10:34 hrs.
TO: Luz María (mailto: avefenix@hotmail.com
SUBJECT: RE: ...el color de tu nombre

¡Qué emoción leer que aceptas casarnos mi amada Luz María!

Confieso que tu silencio comenzaba a preocuparme por la incertidumbre que me generaba y antes de dejar el hotel para irme hacía
el aeropuerto no me separaba del ordenador y checaba mi correo
electrónico una y otra vez, dando click a "enviar y recibir" con la esperanza de que apareciera tu respuesta. Cuando el tiempo marcaba
el límite para salir me desconecté por completo, llegué tarde al piso
y no había corriente eléctrica y mi ordenador con la batería muerta.

Tuve que dormirme con la zozobra de no tener noticias tuyas y mis
pensamientos sedujeron a mis sueños... tuve una mezcla de pesa-
dillas con sueños reconfortantes, creo que hacía mucho que no
soñaba tan intenso.

Me desperté muy inquieto... de madrugada, seguíamos a oscuras,
verifiqué que no fuera solo en mi piso y en efecto toda la calle seguía igual incluso las bombillas públicas...

Me volví a dormir y recién desperté cuando se encendió el televi-
sor y todas las luces que, en mi desesperación, no supe si dejaba
con el apagador en encendido o en apagado.

Me ilusiona mucho que por fin podamos decirnos un sí acepto. Me
encantaría hacerlo en la misma recepción que daremos a nuestros
amigos, pero no sé si nos dé tiempo de realizar los trámites. ¡Inten-
témoslo! Sería maravilloso que fuera una ceremonia sorpresa y si

no alcanzamos a cubrir los requisitos, ese día anunciamos nuestro compromiso y que salga una nota en la sección de sociales de los periódicos como las que veíamos cuando adolescentes.

También deseo pedir formalmente tu mano y quisiera hacerlo a Pablito, me parece muy simbólico y emotivo pedírselo a nuestro hijo.

Saliendo de la librería en Paris te envíe un paquete por mensajería que estará llegando hoy a ciudad de México. Contiene tres obsequios llamados a existir exclusivamente para ti, uno simboliza nuestro pasado, otro nuestro presente y el tercera nuestro futuro.

Te amo como solo a ti podría amar... a la Luz María del mi primer día de clases en la preparatoria, a la Luz María bailando desnuda en nuestro refugio, a la Luz María caminando conmigo por las calles de la colonia Roma, a la Luz María defendiendo a un intruso o intrusa, a la Luz María cuya esencia no ha cambiado en más de 40 años... a la Luz María de la fotografía del 15 de septiembre de 2017 en ciudad de México sonriendo, brillando y hermosa como siempre, con su hijo, nuestro hijo.

Pablo

FROM: Pablo Miranda
SENT: lunes, septiembre 18, 13:20 hrs
TO: Luz María (mailto: avefenix@hotmail.com
SUBJECT: Incertidumbre por tu silencio

Mi querida Luz María,

Ayer domingo me emocioné mucho cuando vi por internet que el paquete que te envíe desde París ya te había llegado y moría de curiosidad por saber tu reacción...

Por más que chequeaba insistentemente el ordenador para ver si había mensaje nuevo en el buzón no encontré nada...

Fue creciendo en mí una gran incertidumbre. Me fui a dormir muy angustiado, mezcla de ansiedad por el viaje, por la llegada a México, porque hoy lunes tenía mil asuntos pendientes que resolver antes de irme al aeropuerto de Barajas...

Ya terminé las reuniones en la universidad y ahora regresé por último momento a mi piso a recoger las valijas y a entregarle las llaves a mi asistente.

Mi vuelo de Madrid a Nueva York sale a las 16:45 por lo que tengo que estar, por lo menos, a las 14:00 horas, para documentar con tiempo, no te había dicho, pero últimamente los vuelos y aviones me ponen muy nervioso y hay ocasiones en que necesito tomar algún calmante para no angustiarme, sobre todo en vuelos largos como este que voy a hacer y más por todo lo que el viaje implica.

El vuelo es de 8 horas, por lo que estaré llegando a las 18:45 hrs al aeropuerto JFK de Nueva York por la diferencia de horario y la conexión para México sale a las 20:00 h. y llegaremos a la 24:00 h.

me preocupa que tengo que pasar migración y eso a veces se demora mucho tiempo.

En Nueva York es una hora más que en CDMX, serán las 17:45 horas cuando yo esté pasando migración y corriendo para alcanzar mi conexión.

Ya acordé con mi hermano que pasará por mí al aeropuerto y me llevará a la colonia Roma, él me dará mi juego de llaves para poder entrar en caso de que no estés en el departamento pero, ¿estarás ahí? ¿verdad? perdona, ya no sé qué es lo que estoy escribiendo por tanto stress que tengo encima.

Mi querida Luz María, estas son las últimas líneas que te escribo antes de encontrarnos. No quiero que mi ego y mi inseguridad me traicionen en estos momentos que siento que tu silencio implica quizá un arrepentimiento.

Ya debo desconectarme, ya subieron las valijas al auto y y tengo que irme.

Perdóname que te escriba tanto detalle de los vuelos, pero es una forma de canalizar mi estrés, mi terapeuta dice que es una vertiente de mis múltiples TOCs.

Me desconecto en este momento, ya casi es la una y media de la tarde y creo que no tendré tiempo de conectarme en el aeropuerto de Barajas antes de volar y mucho menos en el de Nueva York porque estaré en la conexión… así que me iré con la zozobra de no saber de ti.

Me voy con el corazón un poco apretujado por la incertidumbre, pero con la esperanza de que no sea nada extraño lo que provoca tu silencio en este momento.

Te quiero con el amor más profundo que jamás había sentido.
Pablo

DE: Luz María García
ENVIADO: lunes, septiembre 18 de 2017, 06:54 am
PARA: Luz María (mailto: alicanto08@yahoo.com
ASUNTO: No le regalemos más horas a la distancia.

Pablo,

Apenas despierto. Lo hago desde lo que será nuestra habitación. No me extraña nada que tú mente haya girado de tal manera. Yo soy responsable de ello. Verás en la parte inferior de este correo, lo que ya estaba redactado y que no le di enter por los muchos asuntos que he estado preparando. En un principio lo sentí muy extenso y me quedé dormida queriendo quitar algunos párrafos.... pero hoy lo pongo todo. Espero que en un momento dado puedas leerlo... en el que te conectes y veas tu correo.

Te amo Pablo, profundamente, eternamente...

Luz María

_____

Pablo,

Desde que recibí tu correo estuve atenta a la llegada del paquete que mencionaste. Todas las emociones las tengo a flor de piel. Tu petición de que nos casemos el mismo día de la recepción ha cambiado algo tan simple, como lo que había decidido usar para la recepción. Vas a decir que son trivialidades, pero creo que para mí es algo importante. Al principio había decidido usar un vestido en tonos cobrizos con vivos de color rojo. Pero de pronto me di cuenta de que una novia no puede vestir en esos colores. Así, que en complicidad con *intrus@*, escogí un vestido de caída suave de color blanco aperlado, como único detalle tiene unas pequeñas flores bordadas en el cuello. Pablito se emocionó mucho por nosotros dos. Le he dicho que quieres pedirle mi mano y ha bromeado diciendo que no está seguro de que eso ocurra.

Quiero transmitirte lo que significa ver lo que has enviado, pero no sé si las palabras sean suficientes. Trataré de ser lo más clara posible. Si me lo permite la emoción.

Lo primero que saqué fue el paquete que venía perfectamente envuelto en una bolsa de satín color azul, adentro de ella en una pequeña caja de madera al parecer de nogal, encontré... un hermoso anillo de oro blanco, delicado, y con un pequeño diamante que pareciera haber sido tallado a mano, una tarjeta diminuta acompañaba el regalo, al abrirlo vi que escribiste algo muy simple, pero yo sé el valor de esas tres palabras *"con inmenso amor"*.

Las manos me temblaban, el corazón me comenzó a palpitar de manera vertiginosa, pero esta vez no permití que el miedo a enfermar se apoderara de mí. Es más fuerte en este momento lo que deseo para los dos, para toda nuestra vida. Las lágrimas brotaban de mis ojos sin poder detenerlas, y en silencio, esperando que lo escucharas sin importar que un océano todavía nos separe, te volví a decir de nuevo que sí aceptaba casarme contigo.

Cuando abrí el segundo regalo, entendí que nunca dejaste de ver las cosas que desde siempre me emocionaron y que tienen que ver con lo que tú y yo somos y seremos siempre, lo que además jamás permitió que nos olvidáramos uno del otro, y también, nos mantuvo unidos, en ocasiones sin saberlo. ¿Dime Pablo, cuánto tiempo tardaste en encontrarla, si solamente existen 250 piezas en todo el mundo?

Jamás se hicieron más. Imagino la búsqueda que hiciste en tu muy poco tiempo libre en París para encontrar la máquina de escribir Blickensderfer, la cual al parecer es la pieza número 11, y además funciona a la perfección. En ella ya comencé a escribir una carta que leerás el día que nos casemos.

El tercer regalo es el libro que te pedí que escogieras cuando visitaras la librería *Shakespeare & Company* el que te recordara a mí, me has dejado sin palabras, elegiste el libro L›Insoutenable Légèreté de l›être de la editorial Gallimard.

Supe entonces que, siempre fui tan transparente contigo, que al momento en que tú lo leíste sabías la emoción que me causaría cuando yo lo hiciera. Aún tengo el libro, es la primera edición en español, que llegó a México de la colección Andanzas de la editorial Tusquets.

Seguramente tú lo leíste un año antes. He de ser sincera, has hecho que el sentimiento de seducción de sus personajes se volviera a apropiar de mí — sobre todo si hablamos del ego infinito de Tomás—y de nuevo me hice las siguientes preguntas, ¿cómo algo es insoportable?, ¿qué es es el ser? En medio de la infidelidad, la liviandad, los apegos y afectos, las protestas en contra de un sistema. Irremediablemente no pude evitar hojear el libro donde Kundera nos dejó algo que denota su gusto musical: una pequeña joya de la música clásica; Beethoven y su *Es muss sein*, frase alemana que habla del destino: *Tenía que ser...* lo que tiene que ser, será.

Pablo, he querido hablar un poco de lo que me provocó cada obsequio, porque sé que te tomaste el tiempo de escoger cada uno, que los pensaste, te imagino en la joyería *Chaumet*, decidiendo qué anillo me gustaría, recorriendo las galerías de objetos antiguos buscando la máquina de escribir e indagando en la librería, el título del libro.

Te mereces enterarte de la manera más inmediata que has llenado de amor perpetuo mi corazón. Deseo verte, volverme a sentir protegida entre tus brazos, deseo besarte.

No tardes, no le regalemos más horas a la distancia.

Eternamente tuya,

Luz María

P.S. *La ceremonia civil será a las seis de la tarde.*

FROM: Pablo Miranda
SENT: lunes, septiembre 18, 23:50 hrs
TO: Luz María (mailto: avefenix@hotmail.com
SUBJECT: RE: No le regalemos más horas a la distancia.

Mi querida Luz María,

Son casi las 12 de la noche en Nueva York y apenas pude conectarme.

No alcance a hacer la conexión al vuelo por demorar terriblemente en migración.

Estoy recién instalado en un hotel cercano al aeropuerto, me siento devastado física y emocionalmente, estoy completamente destruido.

Ya debería estar por aterrizar en ciudad de México e ir corriendo a encontrarte en nuestro hogar, pero no sé por qué el destino me juega esta broma tan pesada...

No puedes imaginarte mi tensión al aterrizar y correr a migración para descubrir una enorme fila y una lentitud apabullante de los agentes que revisan nuestros documentos como si estuviéramos entrando a robarles en su país. Por eso nunca me ha gustado viajar por USA.

Se me ha subido la presión y acabo de pedir room service para comer algo y estabilizarme.

Leerte me ayuda a recobrar la calma y a controlar un poco mi poca tolerancia a la frustración.

Tus palabras transmiten perfectamente tus emociones y te imagino descubriendo el contenido del paquete... debo confesarte que el anillo lo había comprado en mi primer viaje a Paris en 1985... llegué por casualidad a la Plaza Vendme y me encontré con la famosa joyería Chaumet y en el aparador me cautivo ese anillo, sin pensarlo entré a la tienda a comprarlo aunque en ese momento mis ahorros no me permitían esos gastos, pero algo en mí se movió con tal fuerza que no dude un segundo... lo compré con la certeza de que podría dártelo ese mismo año, estaba seguro que te podría convencer de que me visitaras en Madrid para juntos viajar por Europa y, desde luego a Paris... desde entonces lo tengo conmigo como un preciado tesoro.

Quizá nunca recibiste mi carta escrita a principios de septiembre de 1985... ahí abría mi corazón y te proponía visitarme ya que tenía que entregarte algo que me encontró en Paris y te pertenecía... era ese anillo de compromiso.

Hoy que estoy lidiando con mi frustración y coraje por no estar donde quiero estar en este momento, recuerdo ese septiembre que marcó nuestra separación.

La máquina de escribir llevaba años buscándola y justo el día que aceptaste vivir en el departamento en el que ahora me lees me avisaron que tenían una, así que la compré de inmediato y hasta el sábado pasado fui por ella.

El libro "La insoportable levedad del ser" de Milán Kundera lo tuve en mente desde que me pediste algún título de esa maravillosa librería, quería encontrar una edición que no conocieras... espero haber atinado.

Me parece muy significativo leer en francés esa historia que recuerdo que a ambos nos cautivó a mediados de los ochentas...

recuerdo que mi ejemplar de la primera edición fue el último libro que te envíe antes de que se publicara en México.

Mañana martes vuelo a las 9:30 hrs, no encontré un vuelo más temprano por más que hice el esfuerzo. Estaré llegando a la ciudad de México a las 13:30 hrs (son 5 horas de vuelo, menos una de diferencia entre México y NY) ¡otra vez con mi TOC!

Querida Luz María, anhelaba estar hoy contigo para fundirnos en un abrazo eterno y lanzarnos a la vida sin desperdiciar ni un solo segundo… solo faltan unas horas más para hacerlo.

No quiero dejar tampoco el compartirte el correo que recibí de mi querida Elena Poniatowska, y que sé te emocionará al igual que mí. Tomémoslo como un buen vaticinio. Lo adjunto al final de este correo.

Intentaré dormir para que se me quite este terrible dolor de cabeza… quiero dormir sintiendo que cada vez estoy más cerca de ti y nuestra felicidad, la felicidad que nos hemos negado y que nos merecemos disfrutar.

Te amo,

Pablo

FROM: Elena Poniatowska
SENT: Domingo, septiembre 17, 11:34 hrs
TO: Pablo Miranda (mailto: alicanto08@yahoo.com)
SUBJECT: Seré cómplice de su felicidad.

Queridos Luz y Pablo,

Bien dicen que para el amor no hay edad, y no hay mejor ejemplo de este dicho que ustedes, dos seres cuyos destinos se reencontrarán de nuevo gracias a su pasión por escribirse cartas y hacerlas sus confidentes a pesar del tiempo, las distancias y las ausencias.

Para mí será un gran gusto ser partícipe y testigo de su alegría y, sobre todo, de su historia epistolar, la cual les ha permitido sanar heridas emocionales y fortalecer su amor, que les deseo siga creciendo día a día.

Qué maravilla será reunirme con ustedes en su boda para ser cómplice de su felicidad y valentía que, a mis 85 años, me motivan profundamente y sé que motivarán a todos a disfrutar de sus vidas. Abrazos apretados

Con cariño,

Elena Poniatowska

Ciudad de México, a 17 de septiembre de 2017

DE: Luz María García
ENVIADO: martes, septiembre 19 de 2017, 01:11 am
PARA: Pablo Miranda (mailto: alicant008@yahoo.com)
ASUNTO: Tenemos tiempo...

Querido Pablo,

No sé si aún te encuentres despierto. Yo no he conciliado el sueño. Estoy sentada escribiéndote en nuestro hogar. No te puedo negar que la tristeza irrumpió de manera certera al darme cuenta de que no llegabas a la hora en que pensé que estarías aquí.

Pablito no tiene mucho de haberse ido. Se fue un poco preocupado, porque vio cómo estuve a punto de desvanecerme. Pero entendí que no podemos estar los dos viviendo en total tensión, por eso espero puedas leer este correo electrónico para decirte, que todo está bien, que necesitas guardar la calma pues solamente es cuestión de horas para vernos.

Yo estaré esperándote aquí. Solamente asistiré junto con nuestro hijo al Magno Simulacro por el Terremoto de 1985. Después pasaré por una caja a mi anterior departamento y que es importante para algunas partes de nuestro libro.

Amor mío, te prometo que esa angustia que has sentido de manera constante desaparecerá cuando viajemos juntos, no importará si por la razón que sea, perdemos un vuelo y pasemos varias horas en una sala de espera, nos bastará tenernos.

Leo atónita el año en que compraste el anillo de compromiso y hoy más que nunca queda claro, que su destino era estar conmigo, no importaba el tiempo que pasara. Entiendo además que nuestras vidas siempre estuvieron unidas aun cuando caminábamos en rutas contrarias. Las cartas que nunca llegaron, los vuelos que nunca nos atrevimos a tomar, nada nos impidió que estemos hoy a unas horas de vernos.

Así que, si puedes leerme, quiero que imagines la quietud en la que escribo este correo: las sombras de los árboles forman siluetas como si fueran enormes gigantes en un mundo de hadas, pero esta vez no me dan desconfianza, sino una paz infinita al escuchar como sus ramas se balancean de manera armónica, y esto lo acompaña el olor a tierra mojada, pues parte de la tarde de hoy llovió. Inevitablemente recuerdo como nos gustaba perseguirnos uno al otro entre los enormes charcos formados por la lluvia cuando salíamos del departamento para ir a nuestras casas.

Todo esto imagínalo con Nina Simone cantando *Feeling good*, otra de nuestras canciones favoritas que me encantaría que la escucháramos en nuestra boda,

Birds flying high, you know how I feel
Sun in the sky, you know how I feel
Breeze driftin' on by, you know how I feel
It's a new dawn
It's a new day
It's a new life for me, yeah
It's a new dawn
It's a new day
It's a new life for me, ooh
And I'm feeling good
Fish in the sea, you know how I feel
River running free, you know how I feel
Blossom on the tree, you know how I feel
It's a new dawn

It's a new day
It's a new life for me
And I'm feeling good
Dragonfly out in the sun you know what I mean, don't you know?
Butterflies all havin' fun, you know what I mean
Sleep in peace when day is done, that's what I mean
And this old world, is a new world
And a bold world for me, yeah—yeah
Stars when you shine, you know how I feel
Scent of the pine, you know how I feel
Oh, freedom is mine
And I know how I feel
It's a new dawn
It's a new day
It's a new life for me
I'm feeling good

He aprovechado las horas de la tarde, ordenando de manera cronológica todas nuestras cartas, las postales que me mandabas desde España, los telegramas que yo te envié.

No puedo evitar sentir gran ternura al ver como nuestra caligrafía fue cambiando al paso en que transcurrían los años en la preparatoria... miro los timbres, los sellos del correo de España, tan distintos a los de México. Recuerdo que, en esos años dependía de mi estado de ánimo para escribirte: a máquina o a mano.

Siempre sentí que, si lo hacía con bolígrafo notarías que estaba enojada, triste o que te extrañaba demasiado por la forma en que escribía tu nombre, ¡qué ideas las mías! Ahora me parece algo gracioso.

Hay algunas cartas que no he incluido, son precisamente las que por alguna razón no pude mandar por más esfuerzos que yo hiciera... te las quiero dar, para que te tomes el tiempo de leerlas. Y si tú, lo decides yo también podría leer las que no llegaron conmigo.

Me da emoción contarte que ha quedado listo el piano, lo han afinado, espero no hayas olvidado tocarlo. Quiero que como cuando éramos jóvenes me siente a tu lado y toques algo de Chopin, no olvido cómo cerrabas los ojos al hacerlo. Ahora ya no hay prisa, ya no debes regresar la llave al lugar donde tu padre la guardaba, ni yo poner pretextos a mis padres por mis llegadas tarde a casa. No existe ninguna angustia por el tiempo.

Así que, si lees este correo, no te inquietes más. Estaré aquí esperando verte entrar por esa puerta. Imagino ese primer abrazo que comenzará a sanar la ausencia de los años pasados, y sé que también lloraremos y está bien que así suceda.

Tenemos tiempo y en el solo tú y yo existimos.

Duerme mi amado Pablo, yo velo tu sueño.

P.S. Al igual que a ti, el mensaje de parte de Elenita, me ha traído paz.

Luz María.

FROM: Pablo Miranda
SENT: martes, septiembre 19, 06:50 hrs
TO: Luz María (mailto: avefenix@hotmail.com
SUBJECT: RE: Tenemos tiempo...

Querida Luz María,

El título de tu carta en forma de Enviado de correo electrónico me tranquilizó enormemente. Gracias por ser ese bálsamo de agua fresca en medio de este calor asfixiante.

Tienes razón, tenemos tiempo y si hemos esperado tantos años para realizar nuestro amor unas cuantas horas más no nos empeñarán nuestro hermoso futuro.

He dormido muy inquieto, casi no concilié el sueño... enciendo el ordenador para saber de ti unos minutos antes de dejar el hotel e irme al aeropuerto...

Son las 5:30 en México mientras escribo estas líneas, me imagino que dormirás por el desvelo de ayer y de días pasados.

Me voy más tranquilo a abordar el avión, aunque no me puedo quitar del todo la angustia que me acompaña desde que salí de Madrid. Qué bueno que Pablito estará contigo en el simulacro del temblor, ojalá se quede contigo hasta que yo llegue. Vi lo del magno simulacro en las noticas.

No entiendo esa necesidad de hacer "simulacros" de terremotos en un día que alberga tantos recuerdos dolorosos en absolutamente todos los mexicanos, ¿por qué no hacerlo en cualquier otro día?, ¿por qué en 19 de septiembre?

Hay tantas decisiones tan absurdas de las autoridades que parece que odian a la población en lugar de estar preocupados por su bienestar, pero que no sea en tiempo de elecciones porque entonces si fingen su interés en los temas de los votantes... en fin, esa será una conversación que tendremos en otro momento, hay tantas conversaciones pendientes entre tú y yo, que dos vidas no nos alcanzarían para terminarlas, pero ¿quién quiere terminarlas?

Es muy bella la imagen que me describes sobre las formas de los árboles de la plaza Río de Janeiro, los imagino perfecto como esos gigantes entre hadas, de hecho, creo que al edificio donde viviremos y que ha sido testigo de nuestra historia, debería ser el edificio de las hadas en lugar de las brujas... no sé, quizá en cada bruja hay un hada que no encontró sus poderes reales y se fue al lado oscuro... ¡qué mágico es ese rincón de nuestra querida colonia Roma! ¡Qué privilegio regresar a México y vivir ahí, en esa plaza, en ese edificio, en ese departamento y, sobre todo, vivir contigo!

Muero de ganas por ver cómo quedó el departamento, por ver la gasa madrileña en las cortinas, anticuadas para algunos, pero vitales para nosotros, por ver los colores que elegiste en las paredes, por ver los cuadros que colocaste, los libreros, nuestros libreros cercanos para los ejemplares que habitarán en nuestro hogar, el resto formara parte de nuestros estudios... muero de ganas por tocar ese piano recién afinado que tantos recuerdos me trae... por leer las cartas que nunca recibí y que tu leas las mías que se quedaron en el tintero, o en el sobre o no alcanzaron a llegar a su destino...

Tantos momentos capturados en líneas, en cartas, en sobres, en timbres postales, en buzones... y ahora en correos electrónicos, en bandejas de entrada... en spam.

Saboreo la idea de compartir contigo todo el proceso del libro, la selección de las cartas, la portada, la introducción... la emoción de recibir los primeros ejemplares, la promoción, las presentaciones, las entrevistas, las firmas... que enorme privilegio y regalo del universo tenemos frente a nosotros... estoy seguro de que nuestra historia motivara a más de un lector a rescatar el ejercicio de escribir cartas para comunicar sus emociones...

Te amo enloquecidamente Luz María... amo nuestra historia, nuestra locura... nuestros silencios... quiero ver tus ojos, tomar tus manos y besarlas... ver en tu mano el anillo de compromiso que tanto tiempo esperó llegar a su destino... quiero ya decir el sí acepto ser tu esposo y escuchar de tus labios que aceptas ser mi esposa y en un beso interminable fundirnos en nuestra felicidad...

Debo ya salir hacia el aeropuerto, tengo sentimientos encontrados, mezcla de extrema felicidad y angustia, ya casi son las siete...

Te veo en unas horas para no separarnos nunca más.

Pablo

Ciudad de México, septiembre 19 de 2017.

Querida y entrañable Luz María,

Tengo el corazón destrozado, me falta la respiración. No soporto mi propia existencia, el agotamiento me invade al igual que el enojo conmigo mismo, con el mundo, con todos, ¡con Dios!

Jamás he sentido un dolor, tan penetrante, tan profundo. Este inmenso llanto no alivia mínimamente mi pesar.

¿Por qué el destino nos jugó esta cruel broma? Cuánta razón tenías en negar la presencia divina de Dios, un Dios que si existiera no sería tan cruel con nosotros.

Sé que, aunque ya no puedas leer esta carta, recibirás mis líneas donde quiera que ahora te encuentres.

Me reproché tantas veces el no haber regresado a México antes de 1985.

Y hoy, que el destino me hizo tomar estos vuelos con la mayor ilusión de por fin ser feliz a tu lado, en nuestro espacio, en nuestro universo que creaste, que creamos...para juntos compartirlo.

Me ha estrangulado la noticia, de pronto antes de aterrizar en la ciudad de México, el avión comienza a sobrevolar en círculos, no podíamos aterrizar... el capitán nos dio la terrible noticia de que acababa de temblar unos minutos antes, a las 13:14 horas... 7.1 grados.

Todos los que íbamos en el avión nos sobresaltamos y muchos entramos en crisis... intentábamos mirar por las ventanillas a ver si algo veíamos... mi corazón se aceleraba cada que veía una nube de polvo que se erigía en el aire contaminado de nuestra ciudad...

Aunque la tripulación intentaba tranquilizarnos, poco lograban... nadie podía comunicarse por celular, los pocos teléfonos que alcanzaban señal recibían la notificación de red congestionada...

Percibíamos desde el cielo una ciudad de México totalmente colapsada, en otro fatídico 19 de septiembre.

No podía creer el caos en el aeropuerto y las largas horas para llegar a la colonia Roma. Vine directo al Edificio de las Brujas, me tranquilizó ver que no le pasó nada, tu magia pareciera que lo protegió, de eso estoy seguro...

Recordé que irías por una caja a tu departamento anterior y me fui de inmediato para allá... para descubrir que el edificio donde vivías estaba completamente derrumbado...

Nadie podía decirme nada de ti mi querida Luz María, cada minuto que pasaba había más caos, más movimiento, más acordonamientos... hasta que en una esquina me encontré casi en posición fetal a Pablito, llorando inconsolable... lleno de polvo y sudor, con las manos ensangrentadas... totalmente shockeado.

Él estaba buscando donde estacionarse para alcanzarte en tu departamento y ayudarte con esa caja especial que querías tener contigo... al sonar la alarma abandonó su auto y corrió a buscarte pero ya no alcanzó a llegar... vio cómo se derrumbaba frente a él, el edificio con su madre dentro y tras unos segundos de incredulidad comenzó a intentar remover escombros para encontrarte... más gente se unía a la esperanza de rescatar a sus seres queridos, a sus conocidos o simplemente a alguien con vida... sin importar quien fuera.

¿Por qué Luz María? ¿Por qué regresaste a tu departamento por una caja? ¿Por qué? Si no lo hubieras hecho estaríamos hoy juntos, abrazados y soportando esta gran pena. Si yo hubiera llegado antes te lo hubiera impedido o hubiera ido contigo... ¿Por qué Luz María? ¿Por qué Dios?

Escribo estas líneas mirando la belleza del departamento que creaste, miro el piano y la escultura de Leonora... las cartas que incluiríamos en nuestro libro organizadas en la mesa del comedor... el libro que te compré en Paris... no me atrevo a leer la carta escribías en tu nueva antigua máquina de escribir... lo que planeabas decir el día de nuestra boda, del inicio de nuestra nueva historia....

No puedo creer que no alcanzaras a salir de ese maldito lugar donde vivías... solo era unas cuantas cosas las que faltaban... una caja que podía esperar para evitar la tragedia.

No puedo, no puedo más, nada tiene sentido sabiendo que ya nunca estarás aquí.

No quiero seguir, no deseo continuar. No soporto mi existencia, no creo que haya ninguna bondad divina.

Me voy contigo Luz María mía. Eras la única, mi única razón para vivir... Perdóname lo imbécil que siempre fui. Eso demuestra que no te merecía.

Provoqué que la tristeza siempre estuviera en tus ojos, e hice que en mi vida perdurara la eterna soledad. Nada cubre el precio de este dolor, mucho menos el dinero o el prestigio.

Soy solo un escritor inventado... no existí jamás sin ti.

Nunca te lo confesé, pero el arrebato de no querer vivir, el intentar quitarme la vida fue por primera vez en 1985, cuando supuse que al colapsar el edificio donde vivías habías fallecido.

Te amo Luz María, te amé siempre, pero preferí estúpidamente postergar las palabras, siempre pensando que era mejor dejar ir, cuan equivocado estaba.

Te amaba en cada frase que escribía y todo me evocaba a ti...

Te amaba en cada carta que leía de ti, en cada línea palpaba tu piel...

Acabo de comprobar lo que ya intuía... intrus@ nunca existió, no era una persona como al principio creí... eras tú misma jugando con tu alter ego, permitiéndote decir y hacer lo que no te atrevías...

Por eso Intrus@ siempre había estado ahí desde el primer día en que nos conocimos... siempre observándome y tratando de convencerte que te alejarás de mí...

Pero al final, siempre cerrabas los ojos y me ofrecías tu corazón para seguir al lado mío.

Perdóname Luz María... perdóname.

Lamento mucho también, el daño por mínimo que sea a quienes pueda afectar la decisión que hoy he tomado sobre mi existencia. Ya no quiero vivir y esto me ha dado el valor para poner punto final a mi historia.

Estoy en donde sería nuestro mundo, en nuestro apartamento, el lugar íntimo de nuestros primeros encuentros. Y cierro los ojos y escucho tus pasos, palpo tu risa, tu voz.

¡Las paredes son de un tono, de un color maravilloso... Luz María! Reflejan el amor con el que las pintaste, te veo hacerlo... las cortinas no podían quedar mejor, son etéreas y profundas como tu...

Mis lágrimas han empapado todas las cartas que tenías sobre la mesa, todas ordenadas ya por fechas, listas para entregarlas a la editorial... veo que están todas, las que te mandé, las que me enviaste...

Sé que esta era parte de las sorpresas que me tenías. Qué gran libro estabas preparando.

Sobre esta mesa y en una caja cabe nuestra historia de tantos años...

No puedo con esto, me quema todo por dentro.

Me he asomado al balcón... te he visto en el parque caminando, riendo, jugando con los perros, metiéndote de nuevo a la fuente, a la muy mala réplica del David, que siempre criticabas...

Pero no estás, es el delirio, es querer sentirte de nuevo viva.

¿Por qué te trago la tierra en este momento? ¿Por qué no saliste antes? ¿Por qué regresaste por esa caja de cartas? Fueron segundos vitales que podían haberte salvado.

Qué dolor Luz María, qué coraje, qué impotencia...

Me he asomado al balcón de nuevo, donde te gustaba quedarte por largo tiempo, he pensado en entregarme a la tierra, que me ha robado lo único que me daba vida... tú, la ilusión de tu amor, de tu presencia, de tu risa... mi alma gemela...

Aún está en la máquina de escribir la carta que me entregarías en nuestra boda... observo la hoja de papel marquilla y te imagino escribiéndola como quien pinta un cuadro... no pude leerla, sentía que cada palabra clavaba un puñal en mis ojos... derramando lágrimas de sangre...

Que esto sirva para reafirmar lo establecido en mi testamento, para indicar al albacea... que con mi muerte se destine mi dinero a crear la fundación Luz María y Pablo para fomentar la escritura epistolar entre los jóvenes.

Que nuestra historia sirva para motivar al mundo a vivir el presente.

Que se publiquen todas nuestras cartas.

Que el nombre de Luz María sea constante y permanente después de mi muerte.

De nuestra muerte.

De la muerte de mi estupidez.

Te amo Luz María, añoro volver a mirarte y solo encuentro un camino... ir de inmediato a tu encuentro.

Pablo Miranda

Querido Pablo,

Esta carta que hoy te escribo y que me emociona compartir con quienes en este momento forman parte de nuestra historia, la comencé a trazar justo el día en que recibí tu gran regalo antes de nuestro encuentro, y que ha provocado un torbellino de vida nueva que inunda todo lo que habito.

Para escribir estas líneas, he ido tomando fragmentos de lo que somos y que nos ha dado la fuerza para reconstruirnos. Estoy llena de todo lo que somos juntos.

Teclear una máquina de escribir que evoca el pasado en el lugar donde viviremos en este futuro no lejano, es un augurio de esperanza...

Quienes hoy nos acompañan en nuestra boda, son más que amigos, cómplices de vida... testigos de nuestras historias por momentos paralelas... por momentos muy distantes...

Hoy ya no importa el pasado. Llego a nuestra ceremonia de amor con el alma llena de emoción y un cuerpo que ha sanado cualquier dolencia a causa de la felicidad que me embriaga con solo pensar que ha llegado el momento de unirnos en un "para siempre"... que siempre anhelamos.

Hoy me siento nueva, me siento fresca, me siento entera... se ha ido el peso de las penas y los recuerdos y los rencores... por eso lo escribo y lo comparto, lo escribo a ratos que yo misma me regalo, evocando este momento de estar juntos diciendo un "sí acepto" al destino, más allá de cualquier formalismo...

Quiero confesarte y confesarles a todos, que estas líneas las he escrito palpando las sensaciones de presionar mis yemas con cada tecla... saboreando cada sonido que emana de una máquina de escribir que es, más que un instrumento de creación, una puente de conexión entre nuestro yo más profundo y el mundo... soñando con el momento de leerlas, con este momento que hoy quiero atrapar y conservar siempre en mi renovado corazón.

En medio del caos cotidiano en esta amada ciudad de México, tengo aun el privilegio de recorrer las calles de mi entrañable colonia Roma para meditar cada frase que aquí vierto... en un espacio que se impregna de emociones pasadas y presentes convocando a un futuro contigo, mi querido Pablo, a quién he amado siempre profundamente y de quien no quiero separarme nunca más...

Gracias a cada una de las almas que hoy coinciden con nosotros para ser testigos de esta felicidad, que al compartirla con ustedes se potencializa...

Gracias por ser, por estar, por llegar, por permanecer...

Agradecimientos

Son muchas personas a quienes les agradezco que este libro se haya hecho una realidad, no se imaginan lo que han provocaron a lo largo de mi vida, para que decidiera tomar la pluma.

Gracias infinitas a mis papás y a mis dos hermanos, porque siempre a su manera, me han abierto sus brazos para siempre sostenerme. Gracias a mis amigos, pero en especial a Arminda Castillo y a Silvia Barrientos, por caminar conmigo. Mi gratitud a Ojilvie Campos Arizmendi, por esas largas pláticas y las que faltan, tenemos que ir a escribir cuentos a Tecoanapa, es una promesa. Gracias a Omar Villasana, por su apoyo, por creer y emocionarse con nosotros. Y de manera muy especial, gracias a Arturo Morell por querer aventurarse conmigo a escribir este libro, gracias siempre por coincidir en la palabra que es infinita, donde Luz María y Pablo pudieron volar... como el ave azul.

Dulce María Ramón

Gracias a mi querida amiga Dulce María Ramón por compartir conmigo esta aventura epistolar que nos condujo por múltiples caminos e invaluables enseñanzas...

Gracias a mi querido amigo Omar Villasana por su confianza y talento para lograr que este libro sean una realidad...

Gracias a todo el equipo de Editorial Katakana por abrirnos las puertas para compartir juntos esta aventura literaria...

Gracias a mi querida Ana Guillot, porque desde el primer momento en que coincidimos generamos una magia que ha perdurado en el camino. Tu prólogo es como tu alma, de una belleza infinita...

Gracias a nuestra querida Elena Poniatowska por su apoyo y complicidad con nuestros personajes...

Gracias a quienes han participado en nuestro taller "Sanar escribiendo cartas" porque cada sesión virtual o presencial, es una oportunidad de crecimiento mutuo.

Gracias a ti, que tienes este libro en tus manos, por leernos y permitirnos cuestionarte ¿hay carta en tu buzón?

Arturo Morell

Dulce María Ramón. Reportera de nacionalidad mexicana que por más de 20 años ha colaborado en la labor periodística de diferentes medios de comunicación impresos y digitales. Creadora del Blog en internet llamado *Caprichos de un oficio*, que por su popularidad y aceptación dio origen al libro impreso del mismo nombre y del cual ella misma es autora.

Siendo la entrevista el género por el cual ha mostrado mayor dominio, gracias a su característica empatía con su interlocutor, ha inmortalizado en su libro las conversaciones de grandes personajes del periodismo de la talla de Vicente Leñero, Elena Poniatowska, Bárbara Jacobs, Julio Martínez Ríos, Ángeles Mastretta, Mónica Lavín, Mario Bellatín, Eusebio Ruvalcaba, entre otros.

Mientras que, para algunos medios como Milenio Diario, Milenio Semanal y Revista Musiclife, ha trasladado a las páginas las palabras de personalidades importantes en el ámbito cultural, social y político como Hugo Chávez (con Katia D´Artigues), Patrick Charpenel (Fundación Jumex), Javier Marín, Mercedes Alemán, Guillermo Briseño, Camilo Lara, Ximena Sariñana, Fernanda Tapia, Martha Chapa, Santiago Carbonell, Juan Sebastián Barberá, Ivonne Domenge, Damián Alcázar, Alberto Estrella, por mencionar algunos.

Actualmente es colaboradora activa de Neotraba, Entreprenaur, por mencionar solo algunos medios, en donde su destacada participación en torno a temas diversos.

Arturo Morell. Activista social y cultural. Director de teatro especializado en temas sociales con desarrollo como escritor, poeta, actor, cineasta, diplomático, abogado y administrador.

Premio Nacional por la Igualdad y la No Discriminación. Creador de la Fundación Voz de Libertad A.C. dedicada al análisis de problemas sociales y al diseño de estrategias culturales entre las que destacan la *Espiral de Libros más Grande del Mundo* , *Un Grito de Libertad* y 20 ediciones del Festival Hispanoamericano de Pastorelas.

Tiene 5 libros publicados: *Screenshot: ¿y tú... estás a salvo?* (Editorial Selector, 2021), *Confía en ti y cambia tu entorno: transformación social a través de la cultura* (Editorial Porrúa, 2019), *Innominado amor: versos del amanecer* (Editorial Baquiana, 2012), *De Poli a Diva... y de regreso* (Editorial Libros de Godot, 2007) y *Líneas de Madrugada* (Editorial Letras Vivas, 2003).

Ha sido Cónsul Cultural de México en Miami, Director del Koubek Center del Miami Dade College y Director de Relaciones Iberoamericanas de Miami Book Fair International. Diseñó y dirigió tres ediciones del Festival México - Miami.

Como dramaturgo es autor de las obras teatrales *De Poli a Diva... y de Regreso* , *Una navidad Espectacular: Pastorela de la integración Iberoamericana* , *Chavos Unidos por la no violencia* , *Serpentario* , *¿Listo para morir? Trampas del ego, la duda y el apego* , *Yo soy y existo* , *Expreso: voces masculinas que liberan* y *Alquimia y Transmutación: mujeres presas dentro y fuera de una cárcel* estrenada en el 46º Festival Internacional Cervantino.

Ha recibido reconocimientos de la Asociación de Periodistas Teatrales, de la Asociación Mexicana de Críticos de Teatro, de la Unión de Cronistas y Críticos Teatrales, de la Asociación Mundial Pro-Conciencia y Femme Leaders d´Amerique con la Medalla al Mérito Pro Conciencia. Fue reconocido como uno de los 100 Latinos más destacados en Miami. Su documental *Un Grito de Libertad* recibió el premio Best Documentary en el Bright Minds Film Festival organizado por Mission Possible Foundation.

Actualmente es Director General del Instituto de Reinserción Social del gobierno de la Ciudad de México donde ha implementando su Proyecto Integral de Reinserción Social Armónica y Empática (PIRSAE).